King Kong Théorie

Virginie Despentes

キングコング・セオリー

ヴィルジニー・デパント

相川千尋 訳

柏書房

カレン・バック、
ラファエラ・アンダーソン、
コラリー・トラン・ティに

目次

装幀　高井愛

キングコング・セオリー

第1章

バッド・ガールズ

私はブスの側《がわ》から書いている。ブスのために、ババアのために、男みたいな女のために、不感症の女、欲求不満の女、セックスの対象にならない女、ヒステリーの女、バカな女、「いい女」市場から排除されたすべての女たちのために。最初にはっきりさせておく。私はなにひとつ謝る気はない。泣き言をいう気もない。自分の居場所を誰かと交換するつもりもない。ヴィルジニー・デパントであることは、他のなによりおもしろいことだと思うから。

誘惑するのが好きで誘うのがうまい女もいれば、妻になる女や、セックスの匂いがする女、学校から帰った子どものおやつの匂いがする女がいるのはすばらしいことだ。すごく優しい女、女らしさを存分に楽しんでいる女、若くてきれいな女、色っぽくてまぶしい女、そんな女たちがいるのもとてもいいと思う。ものごとが今のままでも困らない女たちについては、ほんとによかったと思う。皮肉なんかじゃない。ただ私はそういう女じゃない。もし私が美人だったら、しかも出会った男全員の態度を変えられるほどの美人だったら、今書いているようなことはきっと書いていないだろう。女らしさにおける最下層民《プロレタリア》として、私は話している。今までもそうやって話してきたし、今日もまたそうやって話す。生活保護を受けていた時、社会から排除されていることを少しも恥ずかしいとは思わなかった。ただただ怒りを感じていただけだ。女としても同じこと。超いい女ではないことを、少しも恥ずかしいとは思わない。でも、男がほとんど興味を示さない女として、私は怒り狂っている。男たちはいつも私に、そこにいることさえ許されないのだとわからせようとしてくる。男の作家は自分が寝てみたい女のことしか想像できないから、男が書く小説に私たちの居場所はなかった。でも、私たちはいつだって存在していた。いつもそこにいたのに、絶対に語らせてもらえなかった。最近は小説を書く女も増えた。でも、ブスとか人並みの外見の、男と愛し愛されるのに向かない女はほとんど出てこない。最近のヒロインはむしろ男好きで、すぐに出会って、2章以内でセックスして、4行でオーガズムに達し、全員セックスが大好きだ。私には負け組女のヒロインのほうが共感できる。というより、私にとって彼女たちは絶対にいなくてはならない人たちだ。社会の負け組で経済的にも政治的にもうまくいっていない登場人物もだ。私は自分がうまくやれないから、うまくやれない登場人物のほうがいい。それに往々にして、ユーモアと創造性はこちら側の人間のものだ。なにも自慢できるものがないとき、人は創造的になる。私はケイト・モスというより、キングコングみたいな女だ。誰も妻にしたり、一緒に子どもをつくったりしないタイプの女。常に自分自身でありすぎる女。そういう立場から私は話している。攻撃的すぎて、うるさすぎて、下品すぎて、乱暴すぎて、気難しすぎて、いつも男らしすぎる（といわれるのだ）女。でも、この男らしさのおかげで、私はよくある社会福祉の対象事例のひとつにならずに済んだ。私が人生で愛しているものも、私を救ってくれたものも、すべてはこの男らしさのおかげだ。だから、この場所から、男の興味を引かず、男の欲望を満足させないが、目立たない場所に甘んじることもできない女として、私は書く。性的魅力はないが野心があり、自分で稼ぐ金と、やるかやらないかなんでも自分で決められる力に魅せられた女。家にいるよりも街に出るほうが好きで、人から聞いた話だけでは満足せず、自分でやってみたいと思う女。そういう女として書いている。つまらない男たちをつかまえることには興味がない。モテる女の子たちが、すごく楽しんでいるようにも見えないし。いつも自分はブスだと感じていたけど、それで満足だ。だって、絶対に外国なんかには連れて行ってくれない善良な男どもの相手をして、クソみたいな人生を送らないで済んだんだから。欲しがられるよりも欲しがる女。そんな自分に満足している。だから、そういう場所から書く。売れ残りの女、まともじゃない女、スキンヘッドの女、服の着方を知らない女、体臭を気にしている女、歯がボロボロの女、どうすればいいのかわからない女、男からプレゼントをもらえない女、誰とでもやる女、太ったヤリマン、ちびのあばずれ、あそこが乾きっぱなしの女、腹が出すぎた女、男になりたい女、自分は男だと思っている女、ハードコア・ポルノの女優になりたい女、男のことはどうでもいいが、女友達には興味がある女、お尻の大きい女、真っ黒な毛がぼうぼうなのに脱毛に行かない女、がさつでうるさい女、行く先々ですべてを破壊する女、香水がきらいな女、口紅が赤すぎる女、スタイルが悪くてセクシーな格好は似合わないのに、そういう服が着たくて死にそうな女、男の服を着てつけヒゲをして外に出たい女、ぜんぶ見せたい女、コンプレックスのせいで恥ずかしがる女、ノーと言えない女、閉じ込められて支配されている女、怖い女、同情を誘う女、そそらない女、肌がたるんだ女、顔中しわだらけの女、リフトアップや脂肪吸引、鼻の整形をしたいのに金がない女、もはや何者でもない女、自分の身は自分で守るしかない女、人を安心させない女、自分の子どもに興味がない女、バーでひっくり返るまで飲むのが好きな女、まっすぐ立っていられない女。そういう女の立場から書いている。

　同じように、誰かを守ったりなんかしたくない男、そうしたいけど、どうやればいいかわからない男、闘うことを知らない男、泣く男、野心も競争心も攻撃性もなく、ひよわで怖がり、恥ずかしがり屋で傷つきやすい男、仕事よりも家事のほうが好きな男、繊細で、ハゲで、女を喜ばせる金もない男、アナルセックスで挿入されたい男、頼りにされたくない男、夜ひとりでいるのは心細い男。そういう男たちの立場からも書いている。

　なぜなら、魅力的だが娼婦ではない、結婚はしているが夫の影には隠れていない、仕事はするが夫を圧倒するような成功はしない、痩せているけど食べ物に神経質じゃない、美容整形していないのにいつまでも若い、母親業を楽しんでるけどオムツや子どもの宿題で頭がいっぱいじゃない、家を上手に切り盛りするけど女中のようではない、男ほどではないが教養のある幸せな白人女、いつも誰かが引き合いに出してくる女、小さなことで大騒ぎする点以外はお手本にしなくてはいけない女――どっちみち、そんな女に私はお目にかかったことがないからだ。そんな理想の女、現実にはいないのだ。

第2章

やるか、やられるか

それどころか、もし女性というものが男性によって書かれた文学《フィクション》の内部にしか存在していないとするならば、女性は第一級の要人であると想像されるかもしれません。多種多様な女性がいます。勇敢な女性も卑小な女性も、華麗な女性も小汚い女性も、途方もなく美しい女性も極端なまでに醜い女性もいます。男性と同じように偉大です。男性よりも偉大だと考えるひともいます。しかしそれは文学の中の女性です。実際はトレヴェリアン教授が言うように、女性は〈閉じ込められ打ち据えられ、部屋中引きずり回され〉ていたのでした。

ヴァージニア・ウルフ『自分ひとりの部屋』
（片山亜紀訳、平凡社ライブラリー、2015年）

少し前からフランスでは、70年代に起こったことについて女が非難されている。道を間違えただとか、性革命[1]がなにをダメにしただとか、自分たちを男だと思っているだとか、女がバカなまねをしたせいで古き良き男らしさ――ちゃんと威厳をもって家庭を治め、戦争で死ぬこともいとわない、パパやおじいちゃんたちの男らしさ――や、それを支えた規範が失われただとか。男が女を非難するのは、怯えているからだ。まるで私たちがなにかしたとでも言うように。支配している相手が十分に役目を果たしていないなどと、支配者に泣き言を聞かされるなんて、まったく驚きだし控えめに言ってもこれまでなかったことだ。こういうとき、白人の男たちは女に対してほんとうになにか言いたいことがあるのだろうか。それとも、自分の問題が全部うまくいかなくなってきたショッ

1　1960年代に起こった性規範の変化。女性運動の高まりや経口避妊薬の開発により、性の解放が進んだ。

クをただ伝えたいだけなのだろうか。どちらにしても、女が難癖をつけられ、決まりに従うよう求められ、管理されるのは納得がいかない。私たちはあるときは被害者ぶっていると後ろ指をさされ、またあるときは正しくセックスしないと責められる。淫《みだ》らすぎるか、甘えすぎるかで、いずれにせよなにもわかっておらず、いやらしすぎるか色気が足りなさすぎるかのどちらかなのだ。性革命なんてたわごとだった。私たちがなにをしようと、誰かがそれではダメだと言ってくる。前はほんとうによかったらしいが、そうだろうか?

私は1969年生まれだ。学校は男女共学で、小学生の時から男女の学力には差がないことに気づいていた。ミニスカートを履《は》いていたけど、家族の誰も近所での私の評判を気にしなかった。14歳からなんの問題もなくピルを飲み始め、チャンスがあればセックスした。当時はそれがものすごく好きだった。20年経ったいま、当時についてただひとつ言えるのは「私にとってはすごく楽しい時代だった」ということだけだ。17歳で家を出て、誰にも文句を言われないひとり暮らしを始めた。将来は自分で働くから、家賃のために我慢して男と暮らす必要はないのだと、昔からわかっていた。私は父親や夫の許可がなくても銀行口座を開けるようになった最初の世代の女だけれど、そんなことは意識せずに自分名義で銀行口座を開いた。オナニーをするようになったのはだいぶ後だけど、本で読んでいたので言葉の意味は知っていた。その本には、オナニーをしているからといって、反社会的な変態ではないし、だいたい、私が自分のマンコをどうしようと、それは私にしか関係のないことだと、かなりはっきり書いてあった。何百人かの男と寝て、一度も妊娠しなかった。どっちみち、誰の許可もなく安全に中絶できるところを知っていた。売春を始め、ハイヒールを履いて、デコルテの大きく開いた服で街をぶらつき、稼いだお金をなにも考えずにぜんぶ使った。ヒッチハイクをして、レイプされて、またヒッチハイクをした。初めての小説を書いて、本名のファーストネームで出版した。女だとわかる名前で書いたから、想像もしていなかったことだけど、出版するや否や作品の「超えてはいけない一線」について人々が教えを垂れてきた。私の世代は、セックスもせず、修道院にも入らずに女が生きていけるようになった最初の世代だ。望まない結婚はショッキングなものとなり、「夫婦の義務」はもはや自明のものではなくなった。何年もの間、私はフェミニズムから数千キロメートルも遠く離れた場所にいた。連帯の気持ちや自覚がなかったからではない。長い間、自分の性別のせいで困ったことが特になかったからだ。男みたいな生活が送りたくて、実際そうしていたのだから。でもこれは、フェミニズムの革命があったおかげだ。だから私たちに向かって、昔はよかったと言い募るのはやめてほしい。まるで昔からそうだったかのように、視界がひらけ、活動範囲が一気に広がったのはそのおかげなんだから。

たしかに、いまのフランスがすべての人にとっての理想郷かといえば、まったくそんなことはない。女も男も幸せではない。だが、そのことと伝統的なジェンダー役割を守ることとは別の話だ。女がみんなエプロンをしてキッチンにとどまり、セックスするたびに子どもをつくったところで、労働市場や自由主義、キリスト教、生態系保護の失敗がどうにかなるわけではない。

私の周りの女たちは男よりも稼ぎが少なく、補助的な役職に甘んじていて、なにをしても過小評価されるのを当然と考えている。足枷をつけたまま前に進めることを誇る、召使《めしつかい》の誇り。まるでそれが役に立つか、快適か、セクシーだとでも言うように。踏み台になることを喜ぶ、奴隷の喜び。私たちは自分の力に戸惑っている。私たちの問題に首を突っ込んできて、なにがよくてなにが悪いかをいちいち指図してくる男たちだけでなく、家族関係や女性誌、固定観念を通して、女も女を常に監視している。自分の能力は小さく見せなくてはならない。どっちみち、女性の能力が評価されることなんてないのだけれど。いまだに「有能な女」は「男並みの女」という意味なのだから。

20世紀初めの精神分析学者ジョーン・リヴィエールは１９２７年に「仮装と

しての女性性」という論文を書いた。彼女は「中間的な」女性、すなわち異性愛者だが男性的な、ある女性の事例を研究している。この女性は人前で話すたびにひどい恐怖に襲われることで苦しんでいた。彼女はそのせいで完全に我を失い、男性の注意を引かなくてはという脅迫的で屈辱的な思いにさいなまれるのだった。

「分析の結果、彼女の強迫的な媚態《びたい》と色目づかいが（中略）次のように説明されることが明らかとなった。すなわち、彼女は知的な快挙を成し遂げれば、父親的な人物の報復を招くことになるのではないかと非常に恐れており、媚態はその不安を遠ざけようとする無意識の試みだったのだ。人前で知的な能力を発揮することは、それ自体ひとつの偉業である。それには、去勢した父のペニスを所有していることを誇示するという意味合いがあった。人前で話すと、彼女は父親に復讐されるという強い恐怖にとらわれた。あきらかに媚態は、父親に向かって自分自身を性的に差し出すことで、その復讐心をなだめようとするアプローチなのだった」

この分析は、最近の大衆文化のなかで「セクシーな女」が増えている謎を解くカギになる。街を歩いていても、テレビのバラエティ番組を見ていても、あるいは女性誌をめくっていても、娼婦にしか見えないファッションが若い女に広がっていて、しかもそれが似合っていることに驚かされる。実はこれは、男に謝り、安心させるための方法なのだ。ストリングを履いた女の子たちは、こんなふうに叫んでいるみたいだ。「私は自立していて、教養も知性もあるけど、でも見てよ、セクシーでしょ。あんたに気に入られることしか考えてないんだから。どんな生き方もできるけど、自分らしい生き方はしないって決めた。女の魅力という最強の武器を使うことにしたから」

若い女たちは「モノ化された女」の持ち物を一生懸命に身につけ、体を切り刻み、派手に見せつける。だが、同時に若い世代は「尊敬すべき女」、ようするにわくわくするようなセックスとは無縁な女の価値も認めている。矛盾しているように見えるが、それは表面だけのことだ。女たちは「私たちを怖がらないで」という男を安心させるためのメッセージを送っているのだ。着心地の悪い服を着るのも、歩きにくい靴を履くのも、鼻を整形するのも、豊胸手術をするのも、飢えるのも、わざわざやるだけの価値がある。女らしい体になるための身体改造など、美の支配に対する服従のしるしをこれほど要求する社会はかつて存在しなかった。同時に、女が身体的にも知的にもこれほど自由に行動できる社会も今までになかった。女らしさを過剰に強調することは、男性特権が失われたことに対する謝罪なのである。男たちを安心させることで自分も安心するという、ひとつのやり方だ。「解放された女性になりましょう。でも、解放されすぎてはダメ。私たちはゲームをしているだけ。男根に由来する権力なんて欲しくありません。誰のことも怖がらせたりしたくないんです」。女は進んで自己卑下し、やっと獲得したものを隠して、自分の役割に収まって誘惑者のポジションに居続けようとする。女たちはそうしたふるまいが真似事に過ぎないと――心の奥底では――わかっているから、なおさらこれ見よがしになる。それまで男のものだった権力に近づくことは、罰を受けるのではないかという恐怖を呼び起こす。いつだって、鳥かごから出れば激しい制裁が待っていたのだから。

とはいえ、私たちは自分たちが劣っているという考えを信じ切っているわけではない――支配の道具がもつ暴力性がどんなものであれ、男が生まれつき優れているわけでも、それほど女と違っているわけでもないことは、日常生活が教えてくれる。むしろ、私たちの骨身にまで刻まれているのは、女の自立は良くないという考え方のほうだ。メディアもこの考えを熱心に広めている。ここ20年で男を怖がらせる女、野心やユニークさのために罰を受け、ひとりぼっちでいる女について、どれだけの記事が書かれただろう。まるで、夫を亡くした女や捨てられた女、戦争中にひとりでいた女や暴力をふるわれた女が、これまでひとりもいなかったかのようだ。女たちはいつだって誰からも助けてもらえずに、ひとりでなんとかやってきたのに。70年代以前は男と女はもっとうまくやっていたというのは、歴史的事実に反している。今より付き合いが少なかっただけのことだ。

同じように、出産が他のなによりも価値の高い、避けては通れない女の経験となった。命を生むのはすばらしいことだというのだ。「出産奨励」のプロパガンダが、ここまで大々的におこなわれたことは今までほとんどなかった。女を二重に束縛する、最近の一貫したやり方であり、人をバカにした手口だ。「すばらしい経験だから、子どもをつくりなさい。それまで感じたことがないくらい、自分を成熟した女だと感じるから」。ただし、あなたが子どもをつくる場所は、生きていくのに最低限必要な賃金労働が保証されていない、特に女にはなんの保証もない、そんな崩壊しつつある社会だ。都会で子どもを産めば、住宅事情は悪く、学校は無責任。子どもたちは広告やテレビ、インターネット、炭酸飲料メーカーなどから精神的暴力を受ける。子どもがいなければ女としての幸せはないが、きちんとした環境で子どもを育てるのはほとんど不可能だ。どちらにしろ、女は失敗したと感じなくてはならない。私たちがなにをしようと、まずいことをしたのだと世間は証明できる。正しい行動はなくて、私たちは必ず選択を間違える。ほんとうは男女ともに責任のあるみんなの失敗が、私たちのせいにされる。女に向けられる武器は特殊だが、そのやり口は男にも適用される。いい消費者とは自分に自信のない消費者なのである。

信じられないような衝撃的な事実だが、70年代のフェミニスト革命は子育てに関してはなにも改革しなかった。家事も同じだ。無償の仕事は、すなわち女性の仕事であり、私たちは家内工業の状態で立ち止まったままだ。政治的にも経済的にも、私たちが公共の空間を占拠し、自分たちのものにしたことはない。

私たちは保育園も、必要な保育所も、私たちを自由にしてくれる機械化された家事システムもつくらなかった。経済的な利益が見込めるこれらのセクターに投資せず、それによって金持ちになることも、コミュニティの役に立つこともしなかった。どうして誰もイケアやマッキントッシュに相当する企業を保育や家事のためにつくらなかったのだろう。社会は男仕様にできている。政治参加するときに、そんな権利が自分にあるのかどうかすら、私たちには自信がもてない——私たち女性が直面する身体的、精神的恐怖に比べたら、こんなのたいした問題じゃないけれど。まるで私たちの問題は他の人たちが正しく解決してくれて、私たち特有の関心事はたいした問題ではないかのようだ。でもそれは間違いだ。たしかに権力をもてば女も男とまったく同じで、堕落し醜悪になるのは明らかだが、一方である種の問題が女性特有のものだということも否定しようがない。私たちはこれまで政治の領域に関わってこなかった。このことは、解放に対する私たち自身のためらいを表している。政治の領域で闘い、成功するためには、女らしさを犠牲にする覚悟がなくてはならない。闘い、勝利し、強さを見せつけなくてはならないからだ。優しく感じよくしたり、親切にしたりすることは忘れて、公然と他人を支配することを自分に許さなくてはいけない。他人の同意なんて求めないで、真正面から権力を行使し、媚《こ》びも謝りもしないのだ。どうせ、あなたに負けた後であなたを褒《ほ》めたたえるライバルなんていないのだし。

母になることは、女が置かれた状況の中でもいちばん栄誉あるものとなった。母性は西洋においては、女の権力が最大化される領域でもある。母による完全な支配という、娘について長年いわれてきたことが、息子にも当てはまるようになった。母親には、なにが子どものためになるかがわかるのだ、と私たちは何度もしつこくいわれてきた。母親には、この驚くべき力がもともと備わっているのだと。社会でおこなわれていることが、家庭の中で繰り返されている。私たちがなにを食べ、飲み、吸い、摂取すべきか、なにを見て、読んで、理解すべきか、どんなふうに移動して、稼いだ金を使い、気晴らしをするべきか。常に監視を強める国家は、こうしたことを私たちよりもよく知っているというのだ。サルコジ[2]が学校に警察を配置すべきだと言った時、あるいはロワイヤル[3]が街に軍を配備すべきだと言った時、彼らが導入しようとしたのは、男の顔をした法ではなく、母親の絶対的権力の延長線上にあるものだった。罰を与えたり導いたりしながら、いつまでも子どもを授乳が必要な状態にしておけるのは母親だけだ。全能の母に自らの姿を重ね合わせる国家はファシズムの国家だ。独裁体制下の市民は赤ん坊の状態に戻り、遍在する権力に産着を着せてもらい、食べさせてもらって、ゆりかごに留め置かれる。権力の側は、なんでも知っていて、なんでもできて、この赤ん坊に対するありとあらゆる権限をもっているが、それはすべてその子のためということになっている。個人は自立したり、間違えたり危険に身をさらしたりする自由も奪われる。これこそ私たちの社会が向かう先だ。栄光の時代が遠く過ぎ去ったいま、個人を幼児化する社会へ退

2　フランスの保守派の政治家。元大統領。在任2007〜2012年。

3　社会党所属のフランスの政治家。2007年の選挙で初の女性大統領を目指したがサルコジに敗れた。

行しているということなのかもしれない。従来、実験精神や危険を恐れぬこと、家庭との決別は男性的な価値だとされてきた。女のなかの男らしさが、あらゆる方面から軽蔑され、阻害され、有害とされるときに、そのことを男が喜んだり安心したりするのは間違っている。ここで問われているのは私たちの自立だけではなく、男たちの自立でもあるのだから。リベラルな監視社会において男はどこにでもいる消費者のひとりだ。だから男が女よりもずっと多くの権力をもっている状態も望ましくないのだ。

社会は個人の体と同じように機能する。つまり、システムが機能不全に陥ると、自らを破壊する組織が形成される。集合的無意識が、メディアや娯楽産業のような「権力の道具」を用いて母性を過大評価するのは、女性への愛からでも、一般的な親切心からでもない。母親にあらゆる美徳をまとわせることは、社会をファシズムへの退行に向かわせることにつながるからだ。病《や》んだ国家が授《さず》ける権力は、当然の帰結として信用ならないものだ。

女性解放のせいで男が男らしくなくなったと嘆く男たちの声を最近よく耳にする。彼らは、女への抑圧を自分たちの権力の基盤としていた以前の状態をなつかしんでいる。だが、かつて与えられていたこの政治的特権には、常に代償がともなっていたことを彼らは忘れている。女の身体が男の所有物となるのは、その代償として男の身体が平時には生産活動の、戦時には国家のものとなるときだけだ。女の体が差し押さえられるとき、男の体もまた同時に差し押さえられている。このゲームで勝者になれるのは、数人の指導者たちだけだ。

イラク戦争でもっとも有名な兵士は女性だった。[4] 最近、各国政府は貧乏人を前線に送るようになった。戦争は男女混合の領域となり、実質的な分断は階級間で起こることが増えてきた。

男たちは社会的あるいは人種的不正義には激しい調子で抗議するが、男性支配の話題となると、とたんに寛容でものわかりがよくなる。フェミニズムの闘

4　2003年に捕虜になり救出された米軍のジェシカ・リンチを指すと思われる。

いはおまけであって、金持ちのするスポーツのようなもの、正当性も緊急性もないものだと主張する男は多い。一方の抑圧は我慢ならないと憤るくせに、もう一方の抑圧は空想に過ぎないと判断するなんて、よっぽどのバカか不誠実でなければできないことだ。

同じように、女性たちは母性本能礼賛を通して授けられる権力を利用するのはもうやめて、男が育児に積極的に参加するメリットについてもっとよく考えたほうがいいだろう。父親が子どもにそそぐまなざしは、革命の可能性を秘めている。特に娘たちには、男を魅了できるかどうかにかかわらず彼女たちは彼女たち自身として存在しているのだとを教えることができる。彼女たちには身体的な能力も冒険心や自立心もあり、信じ込まされた罰を恐れずにその力をふるっていいのだと伝えることができる。息子たちには、男性優位の伝統は罠であり、感情表現を厳しく抑えつけることは軍や国家にとって都合がよいだけだと教えることができる。伝統的な男らしさは、女らしさの押しつけと同じくらい有害なのだから。ほんものの男になるために要求されること、それは感情の抑圧だ。自分の感性を黙らせ、繊細さやもろさを恥じること。そして突然、決定的なやり方で子ども時代に別れを告げること（子どもみたいな男は人気がない）。また、ペニスの大きさに不安を抱くこと。どうすればいいか女たちが知らなくても、あるいは言いたがらなくても、女をいかせられること。弱さを見せないこと。五官を黙らせること。地味な色の服を着て、いつも同じダサい靴を履き、髪型で遊ばず、アクセサリーはたくさんつけず、絶対にメイクはしないこと。最初の一歩はいつも自分から踏み出すこと。自分のオーガズムをもっとよくするための性の知識がまったくないこと。助けを求められないこと。ぜんぜんそうしたくなくても、勇敢にふるまうこと。どんな性質のものでも力を礼賛すること。攻撃性を証明すること。育児にはあまり参加しないこと。最高の女をものにするために、社会的成功をおさめること。自分の同性愛的傾向を恐れること（ほんものの男たるもの、挿入されるようなことがあってはいけない）。子どものころから人形では遊ばず、おもちゃの自動車や、死ぬほど醜いプラスチック製の武器で我慢すること。体をケアしすぎないこと。他の男たちから暴力を受けても、泣き言をいわないこと。穏やかな性格であっても、自分の身は自分で守れること。状況的に必要だとか性格的なものからではなく、社会の要請のために、自分のなかの女らしさとはきっぱり手を切ること――ちょうど、女たちが男らしさと縁を切るように。これらの目的はいつだって、女には戦争に行く子どもを産み育てることを、男には殺されに行くことを受け入れさせることだ。そうやって、先のことなど考えない３、４人のバカどもの利益を守るのである。

ジェンダーの革命という未知のものを目指さないかぎり、私たちは後退の行き着く先を経験する羽目になるだろう。全能の国家は、私たちのためだといって、私たちを幼稚化し、ありとあらゆる意思決定に干渉する。そして、私たちを守るという口実で、私たちを無知な子どもの状態、制裁や排除を恐れる状態にとどめようとする。女を孤立させ、受け身にさせ、消極的にさせるすぐれた道具である恥を利用して、今のところ女に対してのみおこなわれてきた特別の扱いが、全体に広げられることだってあるかもしれない。女が劣等感を抱き、しかも自らそのままでいようとするメカニズムを解明することは、国民全体に対する監視メカニズムを解明するのと同じことだ。資本主義は——ちょうど女が全員、抑圧され騙されたと感じているように——全員を抑圧し、全員が騙されたと感じるという意味において、平等主義の「宗教」である。

第3章

堕落しきったこの女をレイプすることはできない[1]

1 フランスのハードロック・グループ、トラストの曲「アンチソシアル」の歌詞より。

アメリカや他の資本主義国では、法規としてのレイプ法は、もともと娘や妻が暴行を受ける可能性のある富裕階級の男たちを保護するためにつくられたものだった。労働者階級の女の身に起こることに、司法はほとんど関心をもっていなかった。そのため、こうした女たちに対する性暴力で起訴される白人男性はきわめて少なかった。

アンジェラ・デイヴィス『女性、人種、階級』
（1981年、未邦訳）

１９８６年7月、17歳だった。私と友達はふたりともミニスカートで、私はストライプのタイツにローカットの赤いコンバースという格好だった。ロンドンからフランスに帰るところだったけれど、持っていったお金をレコードやヘアカラーリング剤、鋲《びょう》つきアクセサリーにぜんぶ使ってしまったので、帰りの交通費がなかった。どうにかヒッチハイクで英仏海峡までたどり着くのにまる1日かかった。それから、チケット売り場のすぐ横で物乞いをしてフェリー代を払った。フランスに着くころには、もうすっかり夜になっていた。海峡を渡っているあいだに、車に乗せてくれそうな人を探しておいた。マリファナを吸っていた、ふたりのハンサムなイタリア人にパリ市の入り口まで乗せてもらった。車を降りたのはパリ郊外のどこかのガソリンスタンドだった。真夜中だったので、明るくなって、長距離トラックの運転手が起きてくるのを待ってから、まっすぐナンシーに向かうトラックを探すことにした。駐車場や店の中をぶらぶらして待った。そんなに寒くはなかった。

3人連れの男たちの車。白人で、あのころパリ郊外によくいたタイプのビールとマリファナを手にした歌手のルノー[2]みたいな男たちだった。向こうは3人だったから、最初は車に乗るのは断った。そいつらは必死になって、冗談を言い合ったり、話をしたりして、ほんとうに感じよくしようとしていた。パリの東側で降ろしてやるし、そのほうが誰かに拾ってもらいやすいからこのまま西側で待ってるなんてバカだ、と丸め込まれ、私たちふたりは車に乗った。ふたりのうち、世間を知っていて、でかい口をきいて、車に乗っても大丈夫だと言ったのは、私のほうだった。しかしドアが閉まった瞬間、すごくバカなことをしているとふたりとも気がついた。それなのに、走り出して数メートルのまだ間に合うときに「降りる」と叫ぶかわりに、私たちはどちらも自分にいい聞か

2　フランスの人気シンガーソングライター。1952年生まれ。

せていた。そこらじゅうレイプ魔だらけだなんていう、妄想じみた考えはやめるべきだ、と。彼らとは1時間以上話していた。ただのおもしろいチンピラたちで、攻撃的なそぶりはまったく見せなかった。でも、この距離の近さは、さっきから無視できないものになっていた。密室の中にいる男たちの体と、彼らと一緒に閉じ込められた彼らとは似ていない私たち。私たち女の体が、男の体のようだったことはけっしてない。けっして安全ではないし、けっして彼らと同じにはならない。私たちが属しているのは、怖れと屈辱の性別、他者の性別だ。男らしさや、よくある男同士の連帯は、私たちの身体の排除の上に成り立っている。連帯の絆が結ばれるのは、まさにこういうときだ。女の劣位にもとづいた契約。自分たちだけで笑う男たちの笑い。強い者の、多数派の笑い。

そのことが起きているあいだ、彼らはなにが起こっているのかわかっていないふりをしていた。私たちはミニスカートで、ひとりは緑の髪でもうひとりはオレンジの髪だ。「やりまくってる」に決まっているから、今しているレイプがレイプだとは断言できない。レイプの多くが、こんなふうなのだろう。3人の男のうち、誰ひとりとして自分をレイプ犯だとは思っていないだろう。だって彼らがしたのは、それとは別のことだから。ピストルを持った3人の男が、ふたりの女の子を血が出るまで殴りつけただけのこと。だから、レイプではない。その証拠に、もしほんとうにどうしてもレイプされたくなかったのなら、死ぬか、相手を殺すかしたはずだ。加害者の考えでは――どっちみち、こう考えたほうが彼らには都合がいいのだ――そんな目に遭《あ》っても死ななかったのは、それほど嫌ではなかったからだ。これは、次の矛盾した状況について私に考えられる唯一の説明でもある。『ベーゼ・モア』[3]を出版してから、「何歳のときに、これこれの状況でレイプされた」と私に話す、たくさんの女たちに会った。そういうことが何度もあって、困惑するほどだった。最初は女たちが嘘をついてるんじゃないかとまで思った。私たちの文化では、聖書の、エジプトのヨセフ[4]の時代から、レイプした男を告発する女の言葉はまず疑われるものなのだ。そ

3 1993年に出版されたデパントのデビュー作。レイプが描かれている。邦題『バカなヤツらは皆殺し』。

4 『旧約聖書』の「創世記」に登場する人物。主人であるポティファルの妻の誘惑を拒んだために、その妻によってかえってレイプの濡れ衣を着せられることになった。

れから、私はとうとう認めた。レイプは、常に起こっているのだ、と。社会階層や年齢、美しさ、性格にさえ関係なく、誰の身にも起こる。それなら、逆の立場からの声――「いつ、誰を、これこれの状況でレイプした」――が全然聞こえてこない状況をどう説明したらいいのだろう。要するに、何世紀にもわたって女たちが学んできたことを男もまたしているのだ。別の言葉で呼んだり、ぼかしてみたり、きれいな言葉で置き換えたりして、とにかく、自分たちがしたことを表すあの言葉を使わないようにしている。女の子に「ちょっと無理強いした」、「少しはめをはずしすぎた」、あの子は「飲みすぎていた」、あるいは、「やりたくないふりをしているだけの淫乱だ」。でも、ああいうことができたんだから、あの女も結局は同意していたのだ。殴ったり、脅したり、言うことを聞かせるために複数人で押さえつけたりする必要があったとしても、彼女が行為の前も最中も後も泣いていたとしても、そんなことは関係ない。たいていの場合、レイプ加害者は自分の都合のいいように考える。あれはレイプじゃなかった。自分のしたいことをわかっていないあばずれに、認めさせてやっただけだ。もしかすると、男にとってもこれは耐え難いことなのかもしれない。でも、私たちにはわからない。彼らは語らないから。

刑務所の中には、重度のサイコパスや割れた瓶のかけらで女性器を切り裂く連続レイプ犯、小さな女の子に暴行する小児性犯罪者しかいないのだ。男もレイプは犯罪だと思っているのだが、自分たちがしていることは、いつだってレイプとは別のなにかだ。

よく、レイプの件数が増えるのはポルノのせいだといわれる。偽善的でバカバカしい。まるで性的暴行は最近の発明で、ポルノを通して人々に教える必要があったみたいだ。逆に、１９６０年代のアルジェリア戦争以来フランスの男が戦争に行っていないせいで、「民間人への」レイプは確実に増加している。軍隊生活においては、「大義のために」集団レイプをおこなう機会が定期的に訪れる。それはまず、第一に彼らを「男にする」ための軍事上の戦略である。

同時に、レイプは敵対するグループと交雑することで相手を弱体化させる。このことは征服戦争が存在して以来ずっとおこなわれてきた。女性に対する性暴力は最近の現象あるいは特定の集団に限ったものだと私たちに信じ込ませようとするのはやめてほしい。

1、2年の間は、あのことについて話すのは避けていた。3年たったころ、リヨンのラ・クロワ・ルスの丘に住んでいた仲のいい友達が、自宅のキッチンテーブルの上で、外から後をつけてきた男にレイプされた。それを知った日、私はリヨンの旧市街にあったアタック・ソノールという小さなレコード屋で働いていた。よく晴れたとてもいい天気で、黄色やオレンジ色を帯びた白っぽい夏の光が、旧市街の狭い道の壁や、古い切石いっぱいに射していた。ソーヌ川の岸、橋、家々のファサードにも。あの日があんなに美しかったことが、今でも私の心を波立たせる。レイプはけっして平穏を乱さない。それはすでに街の中に含まれている。私は店を閉め、歩き出した。自分たちの身に直接降りかかった時よりも、もっと腹が立っていた。友達の事件を通して、レイプというのは一度かかったら、もう治らない感染症のようなものなのだと理解した。この時まで、私はうまくやりすごせたと思っていたのだ。私は強いし、あの3人の田舎者にトラウマを負わされたままでいるよりも、人生には他にやることがあると思っていた。友達のレイプは、それ以前と後ではなにもかもが変わってしまう出来事に思えた。私は強くそう思ったけど、そのことを自覚した時に初めて、自分たち自身について感じていたことを少しずつ認められるようになっていった。沈黙と暗闇の中でおこなわれた戦争の傷跡を。

友達の身にそれが起こった時、私は20歳で、フェミニズムの話をされるのが我慢できなかった。パンクじゃないし、優等生すぎるから。でも、友達が暴行を受けてから考えが変わった。だから、レイプ被害者が話を聞いてもらって、法律相談をするための常設電話相談窓口「ストップ・ヴィオル」（ストップ・レイプ）が週末に開いている傾聴トレーニングに参加した。始まってすぐ、私は心の中でぶつぶつ文句を言い出した。なんで誰彼かまわず、告訴するようアドバイスするんだろう？　保険手続き以外で署まで出向いてもなにか得があるようには思えなかった。警察署でレイプの被害者だと申告することは、危険に身をさらすことだと本能的に感じていた。警官どもの法律は、男の法律だ。それから、講師が説明を始めた。「レイプ被害について話す女性は、最初はたいていレイプを別の名前で呼びます」。あいかわらず、私は心の中で毒づいていた。「あることないことよく言うよ」。そんなこと、まったくありえないと思った。被害者がレイプという言葉を使わないなんてことがあるか？　講師のあの女に、いったいなにがわかるっていうんだろう？　被害者はみんな同じようなものだと思ってるんだろうか？　そのとき突然、私は冷静になった。私は？　私は今までどうしてた？　あのことについて――たいていひどく酔っ払って――話そうとした数少ない機会に、あの言葉を使っただろうか？　一度も使ってないじゃないか。あの話をしようと思った数少ない機会に私は「レイプ」という言葉を避けて、「襲われた」「頭が混乱して」「押さえ込まれて」「ひどい目に遭った」なんて言っていた。正しい名前で呼ばなければ、性的暴行の特殊性は失われ、他の暴行——銃を突きつけ、逮捕・拘留、ときには殴打する警察の暴力など——と混同されてしまう。

目先のことしか見えていない、この戦略には利点がある。なぜなら、レイプをレイプと呼んだとたん、女たちによる監視装置が発動するからだ。「あなたの身に起こったことを知られたいの?」「みんながあなたのことを、そういう目に遭った女という目で見てもいいの?」「それに、どっちにしたって本物の売女でもなかったら、どうやって生きて逃げられたの? 自分の尊厳を大切にする女性なら、自殺を選んだはず」。私が生き延びたこと自体が、私に不利な証拠になるのだった。3人のクソ野郎にレイプされてトラウマを負うことよりも、殺されるかもしれない恐怖に怯えることのほうが、女たちはおぞましいと言いたいようだった。そんなバカな話はないだろう。さいわい私はパンクを地で行く女だったので、淑女の純潔なんてどうでもよかった。だって、レイプに遭ったらトラウマを負って、目に見える傷——男や夜やひとりになることを怖がって、セックスなどの楽しみを嫌悪する——を抱える以外ないのだから。人々はいろいろな言い方で繰り返す。大変なことだ。これは犯罪だ。もし、あなたを大切に思う男の人が聞いたら、苦しみと怒りでおかしくなるはずだ（レイプとは、ひとりの男が他の男たちに向かって「お前らの女を無理やり犯す」と宣告する私的な対話だともいえる）。だが、さまざまな理由から、もっとも合理的なアドバイスは、「あなたの心の中にしまっておきなさい」というものだ。こうやって、人々がいう、死ぬか売女かという、二者択一のあいだで苦しむことになるのだ。

そういうわけで、この言葉は避けられる。それが引き起こす反応のせいで。被害者の側でも、加害者の側でも、その言葉は使われない。二重の沈黙だ。

レイプ被害に遭ってから数年間、本がなんの役にも立たないというつらい発見をした。そんなことは初めてだった。たとえば1984年、数か月間強制入院させられた精神病院から出て、最初にしたことは読書だった。『狂った子供達の病棟』（邦題『食べることをやめた子』）『カッコーの巣の上で』『私は5歳で自分を殺した』、それから精神科医や強制入院と監視、思春期についてのエッセイをいくつも読んだ。本は常にそこにあり、私に付き添って、この出来事を耐えられるもの、言葉にして人と分かち合えるものにしてくれた。刑務所、病気、虐待、ドラッグ、ネグレクト、強制移送など、あらゆるトラウマにはその文学がある。でも、きわめて重要で根元的なこのトラウマ——「力づくで犯されても、無抵抗でいなくてはならない」という、まさに女らしさの第一の定義ともいえるトラウマ——は、小説のテーマにならないのだ。レイプされた後で、言葉に助けを求め、それをテーマに小説を書いた女はいなかった。私に寄り添い、道を示すものはなにもなかった。それは、象徴の世界には移せないことなのだ。

女同士でさえなにも伝えず、若い女の子に知識や生き延びるためにすべきことや、簡単で現実的なアドバイスを少しも教えないなんてどうかしている。

1990年になってから、リンボーマニアックス[5]のライブのためにパリに行く途中、高速鉄道の中で『スピン』[6]という雑誌を読んだ。カミール・パーリアという女性が書いた記事が私の目を引いた。最初は笑った。パーリアがピッチにいるサッカー選手の与える印象を「攻撃性むき出しのセクシーで魅力的な野獣」と描写したからだ。彼女は記事の冒頭でこのような好戦的な攻撃性について述べ、引き締まった腿《もも》の筋肉の動きや汗を見ることに、どれほど大きな喜びを感じるか書いていた。それからだんだんと、レイプのテーマに移っていった。正確な表現は忘れてしまったが、だいたい次のような話だった。「レイプは避けることのできないリスクである。女性が家から出て自由に移動したいと思ったら、レイプのリスクを考え、そのリスクを負わなくてはならない。もしレイプされたら、立ち上がり、立ち直り、いつまでもこだわらないようにしなくて

5　80年代から90年代初頭にかけて活躍したファンクメタルバンド。

6　アメリカの大手音楽雑誌。1985年に創刊され、2012年よりwebマガジンに。

はならない。レイプがそんなに怖いなら、ママの家でマニキュアでもしていなさい」。読んだ直後は頭にきた。防御反応としての吐き気。でも数分経つと、心の中が静まりかえった。衝撃だった。パリのリヨン駅に着いた時はもう暗くなっていいた。パリ北部のオルドネル通りのライブハウスに行く前に、カロリーヌ――例の友達――に電話をかけた。このイタリア系アメリカ人のことを話したくて、すごく興奮して電話した。カロリーヌがどう思うか知りたかった。彼女も私と同じように衝撃を受けた。

もう以前のように隠されているものはなくなった。それは、レイプについて新しい視点で考えることだった。それまでこの話題はタブーだったし、あまりにもセンシティヴで「なんて恐ろしい」とか「かわいそうな子」以外のことを誰も言えないでいた。

初めて誰かが、さまざまなトラウマについて親切そうに語るかわりに、回復する能力のほうが大事だと発言したのだ。レイプとその影響、結果の重大さを小さく評価してくれたのだ。このことは、事実を少しも否定することにならないし、あの夜の体験をなかったことにもしない。

カミール・パーリアはおそらくアメリカでもっとも賛否の分かれるフェミニストだ。彼女はレイプを女につきものの、取るべきリスクだと考えようと提案する。事態を深刻に考えないようにする自由なんて前代未聞だ。そうだ、私たちは家の外にいた。私たちのための場所じゃない場所に。そうだ、私たちは死なずに生き残った。夜、女ふたりだけで、男の付き添いもなしにミニスカートなんか履いていた。私たちはバカで、弱くて、奴らの顔を殴ることもできなかった。弱かったのは、女は襲われたらそうするものだと教えられてきたからだ。そうだ、私たちはあんな目に遭ったけど、今初めて自分たちがしたことを理解した。パパとママの家では退屈だから、私たちは街に出たのだ。私たちはリスクをとって、その代償を払った。そして、生きていることを恥じるのではなく、立ち上がってできるだけうまく立ち直ろうと決めた。パーリアのおかげで、自分たちを戦士のように想像することができた。もう、自分たちがやろうとしたことに個人的な責任を負う必要はなくなった。私たちは、女が外に出ようと思ったら耐えなくてはならないことを経験したふつうの被害者なのだ。レイプは絶対的な悪夢、口にしてはいけないこと、決して起こってはならないものとされてきた。パーリアは初めて、レイプをその枠組みの外に出したのだ。彼女はレイプを対処すべきもの、つまり政治的な問題に変えた。パーリアがすべてを変えたのだ。問題はレイプを否定することや、死ぬことではなくなった。問題は、どう対処していくかだ。

2005年の夏、フィラデルフィアで、私の目の前にはカミール・パーリアがいた。あるドキュメンタリーのためのインタビューをしていた。彼女の話を聞きながら、私は夢中でうなずいていた。彼女はこう言った。「60年代には、女子は夜の10時以降、大学の寮から出ることができませんでした。男子学生は好きなようにしていたのにです。私たちは『どうして扱いが違うんですか?』

と聞きました。すると、『世の中には危険が多く、レイプされるかもしれないからです』と説明されました。そこで言ったんです。『じゃあ、レイプされる危険をおかす権利を私たちにください』って」

私の話を聞いた人のなかに、「それで、その後もヒッチハイクをしたの？」と聞いてくる人がいた。心配した両親が、私のためを思って、私を家に閉じ込めると嫌だから、親にはレイプのことを話していないと言ったからだ。それに、そう、私はまたヒッチハイクをするようになっていたから。前よりおしゃれもしないで、愛想もなくなったけど、また始めた。パンク仲間が切符を買わずに電車に乗ればいいんだと教えてくれるまで、木曜日にトゥールーズでライブを見て、土曜日にリールのライブに行くのに、他にどうすればいいのか知らなかった。そのころはライブに行くことがなによりも大切で、そのためには危険な目に遭うのも仕方がないと思っていた。外ではいろいろなことが起こっているのに、そうした生活から遠く離れて、自分の部屋にこもっているのはいちばん嫌なことだった。だから、それからも誰も知り合いがいない街に行って、夜は駅が閉まるまでのあいだひとりで駅で過ごしたり、翌日の電車を待ちながら近くの建物の玄関ホールで眠ったりした。女じゃないみたいにふるまっていた。そのあとは一度もレイプされなかったけれど、100回はそういう目に遭いそうになっている。ただ外にいることが多かったというだけの理由で。あのころ、あの歳で経験したことは何物にもかえられない。別の言い方をすれば、学校にこもって従順さを身につけたり、家で雑誌を読んだりするのよりも、もっとずっと濃密だった。人生のいちばんいい時期だった。いちばん豊かで騒々しくて。むかつくこともたくさんあったけど、それをやり過ごす力も身につけた。

でも、自分の話をするのは慎重に避けてきた。どう見られるか――「そのあとも懲《こ》りずにヒッチハイクを続けたってことは、よかったんでしょ」――あらかじめわかっていたからだ。レイプでは常に、ほんとうに合意がなかったことを証明しなくてはならない。罪というものが、はっきりと言葉にされない道徳的な引力に引っ張られているみたいだ。その引力はいつだって、やったほうよりやられたほうに罪を引きつける。

映画『ベーゼ・モア』が上映禁止になったとき、[7] 多くの女性が——男性はこの点について発言をする勇気がなかった——公然とこう言った。「なんて恐ろしい。暴力がレイプを解決するなんて考えるべきじゃない」。あっそう。暴行を受けているときに男のペニスを食いちぎった女や女のグループの話なんて三面記事で読んだためしがない。加害者を見つけて殺すか制裁をくわえるかした女の話もだ。今のところそれは、男がつくった映画にしか出てこない。たとえば、ウェス・クレイヴンの『鮮血の美学』、フェラーラの『天使の復讐』、メイル・ザルチの『発情アニマル』など。3作とも、そこそこ恐ろしいレイプシーンから始まり、後半では女たちが加害者にくわえる血みどろの復讐劇が詳細に描かれる。男が女の登場人物を映画に登場させるとき、その目的が女特有の経

7　『ベーゼ・モア』は2000年に公開された、デパントの同名小説（邦訳『バカなヤツらは皆殺し』）が原作の映画。脚本と監督は、デパントとポルノ女優のコラリー・トリン・ティ。レイプや暴力シーンを含む過激な内容に上映禁止を求める不服申し立てがおこり、いったんは上映禁止となったが、のちに「18禁」指定として一般の劇場でも公開可能となった。

験や感情を理解するためであることはめったにない。それはむしろ、女の体を借りて男の感性を表現するための手段になっている。このことは、同じロジックに従っているポルノのところでもう一度取り上げる。だから、この3作の中で私たちが見るのは、もし女ではなく男がレイプされた場合、どうするかということだ。その答えが、大量の流血と容赦のない暴力である。彼らが私たちに伝えようとしているメッセージは明らかだ。なぜもっと激しく抵抗しないのだ？というメッセージだ。たしかに、そんなふうに抵抗しないのは驚くべきことだ。昔から根強い政治的策略によって、女たちは抵抗しないよう教えられてきた。おなじみのダブルバインド。レイプは起こりうる最悪の出来事だと説《と》きながら、抵抗も復讐もすべきではないと教えるのである。ただ苦しめと、それ以外どうすることもできないのだと。腿のあいだにいつも危険を抱えているようなものだ。

それなのに、いまだに暴力はなんの解決にもならないと言わずにいられない女たちがいる。だが、女に無理やり迫ったらナイフでペニスを切られると、男たちが恐れるようになれば、彼らはきっと突然「男の」衝動をうまくコントロールし始めるだろうし、「ノー」がなにを意味するかを理解するようになるだろう。あの夜、私は私の性別に押しつけられている規範から外に出て、やつらの喉をひとりずつ掻《か》き切ってやりたかった。女だから、暴力は女のやることじゃないから、男の体が無傷であることは女の体がそうであることよりも重要だからという理由で、抵抗しない人間として生きるよりも。

レイプされている時、私の赤と白のテディジャケットのポケットには、黒いなめらかな持ち手のついた折りたたみ式ナイフがあった。細いが、刃渡りが長く、刃の部分はぴかぴかに磨いてあり、切れ味がよく、性能は完璧だった。めんどうなことがあると、すぐに振り回しておどしに使っていたナイフだった。大切にしていて、自分なりの使い方を心得ていた。あの夜、このナイフはポケットの奥に入ったままで、私はただ「これが見つかりませんように。奴らがこれでなにかしたりしませんように」とだけ考えていた。自分でこれを使おうだなんて、考えもしなかった。自分たちになにが起こっているのか理解した瞬間から、奴らのほうが強いのだと私は確信してしまった。心理的な問題。上着を盗まれたのだったら、私はもっと違ったふうにふるまっただろう。私は向こう見ずではなかったけど、簡単に分別をなくしたから。でもあの瞬間、自分は女なんだと感じた。ものすごく、女なんだと。それまでも、それからも、あんなふうに感じたことはなかった。自分自身の身を守るのに、たったひとりの男さえ傷つけることができなかった。もし相手の男がひとりだったとしても、同じだったと思う。レイプという企《くわだ》てが、私を女に、本質的に弱い存在に変えた。女は子どものころから、男を決して傷つけないようしつけられ、ルールを破るとその度ごとに決まりを守れと警告される。それがどんなに卑劣なことか、知りたいと思う者はいないだろう。それを身をもって知りたい者などいないはずだ。私は、男をひとりも殺すことができなかった自分に怒っているのではない。

無理やり脚を開かれても絶対に男を傷つけるなと教える一方で、レイプという犯罪から立ち直ることは絶対にできないと私に吹き込んだ社会に対して怒っている。走って逃げられそうもない森の中で、銃を持った3人の男を相手に、勇気を出してあの小さなナイフで抵抗しなかったことで、今でも私は自分を責めている。

結局、ナイフは見つかった。見つけた男は、それを他の男に見せた。男たちは、私がナイフをしまったままだったことに心から驚いているようだった。「ということは、よかったんだろう」。女を「去勢」するメカニズムから逃れるのは難しい。女を襲っても、男にはたいしたリスクもなく、しかも必ず勝てるようにすべてが巧妙に仕組まれている。男たちはこうしたことをほんとうに知らない。彼らはおめでたいことに、自分たちの優位は力の強さゆえだと信じている。銃でナイフと戦うことをなんとも思っていないのだ。これを対等な戦いだと信じている大バカ野郎ども。これが、男が心穏やかでいられる秘密だ。

いま、多くの人がカメラや携帯電話、アドレス帳、音楽プレーヤーなどの小型のコンピューターをポケットに入れて歩いている。それなのに、レイプしようとしてくるマヌケ野郎のペニスを切り刻む、マンコに入れて携帯できる道具がひとつもないなんて信じられないことだ。たぶん力ずくで女性器に触らせないようにするのは、望ましくないのだろう。それはいつでも開かれているべきで、女は常に恐れを抱いていないといけないのだ。そうでないと、どうやって男らしさを定義したらいいいか、わからなくなってしまうのだろう。

レイプ被害に遭ったあとで、社会的に許容される唯一の反応は、暴力を自分自身に向けることだ。たとえば20キロ太るとか、セックス市場から撤退するとか。だって、傷がついてしまったのだから。自分の欲望から身を引くのだ。フランスではレイプに遭った女性を殺しはしない。そのかわり、汚れて傷ついた商品だということをきちんと世間に知らせることを期待される。娼婦としてでも醜い女としてでも、とにかく結婚相手にふさわしい女たちのグループから自発的に出ていかなくてはならない。

なぜなら、レイプは最高の娼婦をつくりだしてしまうからだ。無理やりセックスさせられた女は過敏になって、生気をなくすことがあり、男はそれを好む。それは絶望した魅力あるなにかだ。レイプがきっかけであることは多い。レイプは肉を切り裂き、もはや完全に傷口の閉じることのない、商品として提供される女をつくりだす。男たちが嗅ぎつける匂いのようなものがあるに違いないと私は確信している。その匂いが男たちをいっそう興奮させる。

世間はレイプをなんとしても、異常で、日常とはかけ離れた、一般的な性欲とは関係のない、避けることのできるものとして扱おうとする。まるで、加害者と被害者以外のほとんどの人には関係がないことみたいに。レイプは例外的な状況で、他の状況にはなんの参考にもならないとでも言うように。ほんとうはその逆で、レイプは私たちの性欲の中心であり、要《かなめ》であり、土台であるのに。レイプは生け贄《いにえ》を捧げる儀式であり、古代から芸術作品のいたるところに登場し、何世紀にもわたって、文章や彫刻、絵画のなかでしつこく描かれてきた。美術館やパリのたくさんの公園にも、女に無理やりせまる男を表現した作品がある。オウィディウスの『変身物語』の神々は、同意しない女たちを我がものとし、ほしいものを力づくで手に入れることに明け暮れているように見える。神々にとってはたわいもないことだ。女たちが妊娠すれば、神々の妻が復讐する相手もこの女たちだ。これが女を取り巻く基本的な状況だ。いつも誰かが私たちにしたことで責められ、誰かの欲望を掻き立てた責任を負わされる生き物なのだ。レイプは政治的策略だ。資本主義を支える骨格であり、権力遂行のむき出しで直接的な表現だ。レイプは支配者を指し示し、支配者が際限なく権力を行使できるようゲームのルールを決める。支配者は盗みも略奪もゆすりも強制も、なんの制約もなく思うがままにおこない、反対勢力に抵抗されることなく、自らの暴力を堪能する。それは、他者とその言葉、その意思と人格を否定する喜びである。レイプは内戦であり、一方の性別がもう一方の性別に「お前たちのことはすべてこちらが決める。お前たちが自分のことを劣った、罪深い、価値のない存在だと感じるようにしてやる」と宣言する政治的計画である。

レイプは男に特有のものだ。戦争や狩り、生々しい欲望、暴力、野蛮とは違い、レイプは――現在までのところ――女のものだったためしがない。男らしさの神話は、本質的に危険で犯罪の臭いがして制御不能なものでなければならない。まさにそのために、法によって厳しく監視され、社会による支配を受けなければならない。女の性欲を管理するベールの向こうには、政治のほんとうの目的が隠されている。それは、男らしさを非社会的で衝動的かつ暴力的なものにすることだ。レイプはなによりもまず、「男の性欲は本人にはどうすることもできず、男はそれを制御することができない」という認識を伝える媒体の役割を果たす。「娼婦がいるから、レイプが増えずに済んでいる」といまだによく聞く。まるで、男は我慢することができないから、どこかで発散する必要があると弁護するかのように。これは人為的につくられた政治的信念であって

——世間が私たちにそう信じ込ませようとするような——自然なものでも本能的なものでもない。もしほんとうに、テストステロンのせいで男が制御不能の衝動をもった動物なのだとしたら、男たちはレイプするのと同じくらい気軽に殺人も犯しているはずだ。しかし実際にはそうではない。男らしさについての言説は、暗黒時代の遺物そのものだ。レイプという非難されるべき行為、語られることのないこの行為は、男らしさの根底をなすさまざまな信念をつくりあげている。

レイプにまつわる妄想というものがある。性的妄想。もし私が、「私の」レイプについてほんとうに語ろうとしたら、このことは避けては通れない。子どものころから、私にはある妄想があった。本やテレビ、学校の友達や近所の人たちからほんの少しだけ間接的に受けていた宗教教育の影響だろう。私が初めて性的興奮を覚えたのは、縛りつけられ、生きたまま焼かれる聖女たち、女の殉教者たちのイメージだった。少女時代の私は、密告され、力で押さえつけられて、拘束されるという考えに病的な興奮を覚え、夢中になっていた。以来、この妄想は私にずっとついてまわっている。自分がなにに興奮するか知るくらいなら、興味がないふりをしてオナニーをしないほうがいいと思っている女は多い。女がみんな同じだというわけではないが、私のケースが特殊だとも思わない。今までオナニーをしてきたが、多少なりとも暴力的なシチュエーションで囚われの身となり、レイプされる場面を私はさまざまに思い描いてきた。こうした妄想は私が突然思いついたものではない。強力で精巧な文化装置によって、女の性欲は、自分自身の無力さから快感を得るよう運命づけられているのだ。つまり相手の優位から快楽を得るように、あばずれのようにセックスを楽しむのではなく、自分の意に反して感じるように。ユダヤ・キリスト教的な倫理観では、あばずれと思われるよりも、無理やり犯されたほうがいいのだと、私たちは何度も繰り返し教えられてきた。女はマゾヒズムに陥りやすいが、ホルモンや洞窟時代の記憶がそうさせるのではない。念入りに仕組まれた文化のシステムがそうさせている。このことは、私たちが支配を脱しようとしたときに、やっかいなかたちで関わってくる。マゾヒズムへの傾倒は、快楽に満ち、興奮を呼び覚ますものでもあるが、足枷にもなる。自分を痛めつけるものに惹きつけられることで、私たちは権力から遠ざけられる。

レイプの場合にはまさに、マゾヒズムへの傾倒が罪悪感の問題を生む。しょっちゅう妄想していたんだから、私もレイプに責任がある、というように。こうした妄想について、私たちは語らず、なにも解決できない。実際にレイプを受けた場合はなおのこと。レイプ被害に遭う前にこの種の妄想をしていた人は多いだろう。それなのに、この問題は語られないままだ。言葉にできないこのことが、やすやすと制度をひっくり返してしまうかもしれないからだ。

男が振り向いて「遊びはおしまいだ」と言いながら最初の平手打ちをしてきた時、私が恐れたのは、性器の挿入ではなくて、殺されることのほうだった。あとで誰にも言わないように、被害を訴えたり、証言したりしないように。とにかく、私が奴らの立場だったらそうしていただろう。その時の死の恐怖を、今でもはっきりと覚えている。なにもない感覚、時間が消失して、もはや何者でもなくなること。本で読んだ通りなら、これはレイプのトラウマよりも戦争のトラウマに近いものだ。死の可能性、死との距離の近さ、非人間的な憎悪を他者から浴びせられること。これらがあの夜を忘れられないものにした。私にとってレイプの第一の特性は、頭から離れないことだ。そのことをいつも考えてしまう。20年も経つのに、もう片がついたと思うたびに、そこに引き戻され、そのことについていろいろな矛盾したことを言ってしまう。短編小説や長編小説、歌、映画で。いつか決着をつけられると今でも信じている。あの出来事を清算し、その意味を汲《く》み尽《つ》くして、空っぽにできると。

でもできない。あの出来事が、作家としての私、もはや完全な女ではない女である私をつくった。あの出来事は私を歪めると同時に、私を形成するものでもあるのだ。

第4章

敵と寝る

女がサービスを提供し、男が報酬を支払うというパラダイムは、不平等な社会的交換である――異性愛の慣習の具体的な物質的基盤をより明確にするために、この交換を「売春制度的《プロスティテュショネル》」と呼ぶことを私は提案した。結婚の儀式によって公に認められようと、性産業の中で非合法に交渉されようと、異性愛関係は、女の労働に対する男の権利の行使という暗黙の了解によって、社会的にも心理的にも成り立っている。男による女への暴力や中傷を告発する人たちでさえ、性・家庭・生殖の領域における男の特権はめったに問題にしない。

ゲイル・フェターソン『売春のプリズム』
（1996年、未邦訳）

してはならないこと、それは無料であるべきことに対して金銭を要求することだ。こうした判断は大人の女性ひとりひとりによるものではなく、社会によって定められている。セックスにより対価を得る娼婦は、労働者の中で唯一、その労働条件がブルジョワジーをひどく動揺させる存在だ。そのせいで、これまでなに不自由なく暮らしてきた女たちの多くが、売春を合法にすべきでないと固く信じている。金のない女たちがするさまざまな仕事や、彼女たちが時間を売って得るわずかな賃金には、興味をもたないのに。それは貧しく生まれた女の宿命であり、人々は問題なく受け入れる。40歳で野宿することは、いかなる法律によっても禁じられていない。ホームレスになることは許容された転落だ。労働もそれと同様である。一方、性を売ることにはみんなが関心をもち、

「尊敬に値する」女が意見を述べようとする。婚姻契約によってずっと養われてきた女――離婚していても、前夫からそう呼ぶにふさわしい扶養金を得ていた女も多かった――と、この10年、立派な居間で一緒に過ごす機会が何度もあった。[1]そうした女たちは、売春はそれ自体が女にとって悪いものだと、少しも疑わずに私に向かって説明するのだった。彼女たちにはその仕事が他の仕事より品位を落とすものだと直感的にわかるのだ。本質的にそうなのだと。特定の状況でおこなわれた場合に、というのではなく、売春それ自体が。その態度は有無を言わさぬもので、女たちが合意していない場合には、とか、仕事をしても金がもらえない場合には、あるいは街外れの屋外で無理やり働かされるのでなければ、などといった条件が付けくわえられることはめったにない。高級娼婦もパートタイムの娼婦も街娼も、年をとっていようが若かろうが、才能があろうが、ＳＭの女王だろうが、薬物中毒だろうが子どもがいようが、頭から決めつけられ、なんの区別もされない。性サービスを金と交換することは、たと

1　デパントは小説家になる前に家政婦として働いていたことがあった。ここはその経験をふまえていると思われる。

え条件がよくても本人が望んでいても、女性の尊厳の侵害なのだ。その証拠に、選択肢があれば娼婦は売春をしないのだという。詭弁だ。イヴ・ロシェ[2]のエステティシャンが純粋に美的な使命感から、脱毛ワックスを塗り、ニキビに針を刺しているとでもいうのだろうか。ほとんどの労働者は、できることなら仕事などしたくないだろう。笑わせる。それなのに、娼婦があらゆる種類の暴行にさらされる都市郊外（パンを売るのだってきわめて危険な行為となる場所）での売春をなくすことや、セックス・ワーカーが要求する法的枠組みの獲得は重要ではなく、売春を禁止することが重要なのだと、ある社会階層内で繰り返しいわれている。尊敬に値する女たちが娼婦の運命を心配するときに、口に出さないことを考えずにはいられない。彼女たちは心の底では競争を恐れている。しかも、不当競争だ。なぜなら、あまりにも露骨に目的に特化したものだから。もし娼婦が、エステティシャンや精神科医と同じような適切な条件で商売ができたら、もし現在の法的圧力がすべてなくなったら、既婚女性の地位は急に魅力を失ってし

2　フランスでチェーン展開する低価格の化粧品とケア用品ブランド。サロン経営もおこなっている。

まうだろう。なぜなら、売春契約がありふれたものになれば、婚姻契約の実態がよりはっきりと見えてしまうから。婚姻は、どんな競争にも負けない価格で、男の安楽のためのいくつもの重労働――特に性労働――を女が提供する市場なのである。

インタビューの中で何度も公言してきたが、およそ2年間、私はパートタイムで売春をしていた。この本を書き始めてから、いつも筆がとまるのはこの章だ。いくつもの感情が入り混じり、ためらう。自分の経験を語ること。それが難しい。売春を始めるのは、もっとずっと簡単だったのに。

91年に、ミニテル[3]を見ていて、売春をしてみようと思った。現代のあらゆる通信手段はまずは性の売買に使われる。ミニテルは、インターネットの出現を予感させるツールで、このおかげであらゆる世代の女たちが、かなり理想的な条件――匿名で顧客を選べ、価格交渉も可能、独立して働ける――で、パートタイムの売春ができるようになった。セックスを買いたい男と売りたい女が簡

3 インターネット普及前にフランスで使われていた通信用端末。

単に連絡を取り合い、条件について合意できるようになったのだ。カード払いのできるホテルも取引を容易にした。部屋は清潔で手頃な価格だし、入り口で誰かに会うこともない。

89年に私がミニテルで初めてした仕事は、サーバーの監視だった。人種差別的な発言や反ユダヤ的な発言をするユーザーや小児性愛者、さらには娼婦を見つけ次第、接続を切る仕事だ。自分の体を好きなように使って金を稼ぎたい女たちと、わざわざ女を口説いたりせず、ほしいものをすぐに手に入れたい、そのために金を払える男たち。私はこの道具が、彼らの役に立たないようにしていた。売春がありふれたものになったり、いい条件でおこなわれたりするのは、あってはならないことだから。

１９９１年、テレビでは第一次湾岸戦争とバグダッドへのスカッド・ミサイル攻撃が中継され、ノワール・デジール[4]のシングル「陰鬱な英雄に」が繰り返

4　フランスのロック・グループ。

し流れていた。プロフェッサー・グリフがパブリック・エナミーから追放され、[5]ネナ・チェリー[6]はピタッとしたショートパンツと巨大なバスケット・シューズを履いていた。私はできるだけユニセックスな、つまり男のような格好をしていた。化粧もせず、髪型といえるような髪型もせず、アクセサリーも女物の靴も身につけていなかった。よくある女らしい持ち物には興味がなかった。もっと他のことで頭がいっぱいだったのだ。

スーパーで、1時間で写真を現像する仕事をしていた。22歳だった。私はもともと、セックス産業に転向するような人間ではなかった。とにかく、ほんとうにそういう見た目ではなかったのだ。だいたい、その2年前にミニテルを監視していた時も「気前のいい男たち」が1回に1000フラン[7]も提案するのを見て、罠だと思っていたくらいだ。男たちがあんなに高い値段を提案するのは、貧乏な女を家に呼び寄せて、ひどいことをたくさんするためで、最後には裸で血まみれのまま手近な溝に捨てると思っていた。ジェイムズ・エルロイ[8]の小説

5 アメリカのヒップホップ・グループ。元メンバーのプロフェッサー・グリフは反ユダヤ的な発言が問題視され、追放された。

6 スウェーデン出身の歌手。

7 およそ1万8千円。

8 犯罪小説で知られるアメリカの小説家。

や映画を通して、主流文化は常にメッセージを発している。女たちよ、用心しろ。我々は死体になったお前たちが見たいのだ、と。

そのうちとうとう私も、男たちがほんとうに1回1000フラン払っているのだと気づいた。だが、それならきっと、相手の女たちは信じられないくらいセクシーに違いないと想像した。

私は働くことが大嫌いだった。仕事に取られる時間、わずかな稼ぎ、その金を簡単に使ってしまうことにうんざりしていた。ほとんど上がらない最低賃金を稼ぐために、そうやって一生働く年上の女たちを見ていた。50歳にもなって、トイレに行く回数が多すぎると売り場の主任に嫌みを言われる女たち。正直な女性労働者の人生がどんなものか、数か月でわかった。逃げ道はないように思われた。あの当時は仕事があるというだけで満足しなくてはいけなかった。でも、私には分別があったためしがなく、満足できなかった。

現像した写真の請求書を作成するコンピューターから、ミニテルにアクセスすることができた。私はよく接続して、金髪の恋人とチャットしていた。あるサーバーの「女性モデレーター」として働いているパリの男だった。ミニテルの会話は習慣になり、たまたま知り合ったたくさんの人とチャットした。そのなかに、他より興奮する会話があった。説得力のある話し方をする男だった。初めて会う約束をしたのが、その男だ。声の調子と、熱っぽくて興奮させる声だったということ、どんな男か見てみたい、タダでいいと思ったこと、すごく怖かったことを覚えている。でも結局、私は行かなかった。心の準備をして近くまで行ったのに、最後の最後で怖気づいたのだ。恐ろしすぎたし、私にはあまりにも縁のないことだった。「それをする」女たちはきっとなにか指令のようなもの、あるいは別次元からのメッセージを受けとっているのだろう。売春というのは即興でするものではなく、私には作法がわからない通過儀礼があるのだろうと思った。でも、金の誘惑に負けた。好奇心もあったし、例のスーパーをやめる方法をどうしても見つけたかった。それに、やってみたらなにか大事なことがわかるかもしれないとも思っていた。数日後、私は別の男と会う約束をした。今度の男はそんなにセクシーじゃなかった。ただの客。本物の。

初めてミニスカートとハイヒールで出かけた日は、いくつかのアクセサリーを身につけただけで革命が起こったみたいだった。そのあと、同じような感覚を味わったのは、監督した映画『ベーゼ・モア』のために初めてカナル・プリュス[9]の番組に出た時だけだ。

こちらはなにも変わらなくても外側でなにかが動いて、それ以前とはなにもかもが違ってしまう。女たちも、男たちも前のようではなくなる。たとえこの変化がそれほど気に入らなくても、その結果すべてを理解できなかったとしても。アメリカの女たちは「セックス・ワーカー」としての経験について語るとき、力を高めるという意味の「エンパワーメント」という言葉を好んで使う。このわざとらしい茶番によって、それが私にもたらした男に対する影響力が、私はすぐに気に入った。立場ががらっと変わったのだ。私はそれまで、ショー

9　フランスの有料テレビ局。

トヘアに汚れたバスケット・シューズを履いた、ほとんど人目を引かない女だった。それが急に、悪の化身となったのだ。最高すぎた。電話ボックスでくるくる回り、スーパーヒーローに変身して出てくるワンダーウーマンみたいだった。こういうことのすべてが、とても愉快だった。でも、すぐに私の理解とコントロールを超えた力が恐ろしくなった。それが男に及ぼす効果はまるで催眠術のようだった。店でも地下鉄でも、道を横切っていてもバーで椅子に座っても、どこにいようと、飢えた視線を引きつけて、私は信じられないくらい目立っていた。私は、私の性器や胸という激しく渇望される宝をもつ者であり、私の体にアクセスできるということは、きわめて重要な意味をもつことなのだった。しかも、これが効力を及ぼすのは性倒錯者だけではないのだ。娼婦みたいな格好の女は、ほとんどすべての男の興味を掻き立てる。私は大きなおもちゃだった。

とにかく、ひとつのことは確かだった。私にもこの仕事はできたのだ。結局のところ、魔性の女になるのに超セクシーである必要も、並外れた性の奥義に精通している必要もなかったのだ。ゲームのルールに従うだけで十分だった。女らしさというゲームの。誰も不意打ちに「気をつけろ。そいつは偽物だ」なんて言いはしない。他の女と比べて私のほうがより偽物だというわけでもないのだから。

はじめ私は、このプロセスに熱中した。女らしいものに無関心だった私が、ピンヒールやセクシーな下着、テーラードスーツに夢中になった。今でもよく覚えている。最初の数か月はショーウィンドーに映った自分の姿を見てとまどったものだ。ハイヒールを履いて脚を長く見せた背の高い娼婦は、もはや私とは別人だった。ずんぐりして内気で男のようだった女は、一瞬で消えた。私の男らしいところ——たとえば、自信たっぷりに、とても早足で歩くところ——までもが、そういう服を着ていると、非常に女らしく見えるのだった。最初は、この別の女になるのが好きだった。その場にいるのに、別の次元に旅をしているみたいだった。女らしさを強調したコスチュームに身を包んだ途端、コカインを一服吸い込んだあとのように自信が湧いてきた。それから、だんだんとコントロールできなくなっていくのもコカインと同じだった。

そうこうしているうちに、私は勇気をふるいおこし、初めて客の家に行って仕事をした。60歳ぐらいのいい人で、次から次へとタバコを吸い、セックスの最中によくしゃべった。寂しげで、びっくりするほど親切だった。それが、私ががぎこちなかったからなのか、優しそうに見えたからなのか、反対に威圧的に見えたからなのかはわからない。単に運がよかっただけかもしれない。あとになってわかったことだが、客たちはどちらかといえば丁寧で、気を配ってくれ、優しかった。現実の生活よりもよっぽど。私の記憶が正しければ――私はそうだったと信じているけれど――対処が難しかったのは、彼らの攻撃性でも侮蔑でも性癖でもなく、その孤独と悲しみ、白っぽい皮膚、気の毒なほどの臆病さ、彼らが隠さず見せる欠点や弱さだった。老いと、年老いた体に若い肉を抱きたいという欲望。突き出た腹に、小さなペニス、たるんだ尻、黄ばんだ歯。彼らの弱さがものごとを複雑にしていた。軽蔑したり憎んだりできる相手というのは結局、心を開かずに仕事ができる相手だ。最短時間でできるだけ多くの金を取り、終わったら一切考えない。だが、私のわずかな経験では、客はひどく人間味があって、とても弱く、苦悩していた。そしてそうした客の姿は、時が経っても後悔のように残るのである。

なので、物理的な問題――他人の肌に触れ、自分の肌も相手に触らせ、脚、腹、体全体を見知らぬ人間の匂いに対して完全に開くこと――つまり、乗り越えなければならない生理的な嫌悪感は、私の場合、問題にならなかった。金をもらっていても、慈善事業のようだった。客の嗜好を気持ち悪がったり、身体的欠陥に驚いたりしていないふりをすることが、客にとってはとても重要なようだった。結局、それはやるだけの価値のあることだった。

金の価値が変わる、まったく新しい世界を私は発見した。ゲームのルールに従う女たちの世界だ。40時間つまらない仕事をして稼ぐ金を、2時間かからずに稼ぐことができた。もちろん、ムダ毛の処理やヘアカラー、マニキュア、メイク、服を買うなどの準備時間と、ストッキングや下着、ビニール製のコスチュームなどの費用は考えなくてはいけない。しかしそれでも、ぜいたくな労働条件だった。もしできることなら、女のために金を払いたいと思っている男は多い。私はそう理解した。現金払いで前回とまったく同じプレイをし、厳格な儀式のようなやり方で娼婦と会うのを好む人たちもいれば、もっと愛人関係らしいかたちを好む人たちもいた。愛人関係を好む人たちは、それを「放蕩趣味」と呼んでいて、請求書をもって来るよう頼んできたり、あるいはプレゼントになにがほしいか聞いてきたりするのだった。そうやってパパ役を演じていたのだろう。

「意味深長なことに、性をあからさまに提供する者はその行為によって、〝娼婦〟と定義される。その地位はスティグマ化され、違法でさえあるのに、性を買うほうはその行為によって定義されたり、烙印を押されたりすることはない」。ゲイル・フェターソンは『売春のプリズム』でこう書いた。「客をとった」と告白することは社会からの逸脱であり、ありとあらゆるファンタジーを抱かれることを意味する。決して些細なことではない。だが、「娼婦を買いに行く」と明かすのは違う。そのことで社会から逸脱したとみなされたり、それによって定義されたり、セクシュアリティに烙印を押されたりすることはない。娼婦の客はその動機も行動も社会的地位や人種、年齢、教養の度合いもさまざまだと思われている。だが、その仕事をする女はすぐさまスティグマを背負わされ、被害者というたったひとつのカテゴリーに分類される。フランスでは、娼婦の多くは顔を出しての証言を拒む。堂々と認めるべきことではないと知っているからだ。沈黙を守らなくてはいけない。いつも同じメカニズムだ。人々は娼婦が卑《いや》しめられることを求める。受けた被害について訴えたり、どんなふうに強要されたかを本人たちが語らない場合も、人々がかわりにそれをする。

彼らは娼婦が生きていけなくなることを心配しているのではない。反対に、そんなに悪い仕事じゃないと彼女たちが言うのを恐れている。彼女たちがそう言うのは、どんな仕事も屈辱的で難しく、大変だからというだけではない。多くの男は娼婦といるときがもっとも愛想がいいからだ。

2年間で50人ほどの客に会ったと思う。現金が必要になるとミニテルにアクセスし、リヨンのサーバーに接続した。接続して10分で、その日の相手を探す男の電話番号がいくつも見つかった。だいたいが出張で来ている男だった。リヨンでは客のほうが女たちより多く、そのおかげで客を選ぶことができたし、仕事も気分よくできた。よく利用する常連らしい客たちは、相手はすぐに見つかると言っていた。客の数が多く、しかもすぐにその需要が満たされていた。つまり、サービスを提供する私たちの側も数が多かった。パートタイムの売春はなにも特別なことではなかったのだ。私の場合はこのことを話すから別だが、この仕事は完全に秘密のままできる。特別な資格や技術がないか、ほとんどない女にとっては、結局、単なる金になる仕事なのだ。

パリの「エロティックな」マッサージサロンや覗き部屋で働いていたころ、客を待ちながら他の女たちと話をした。私はそういう場所で、ほんとうにさまざまな経歴の女に会った。「その種の仕事」についているとは、多くの人がまったく考えないような女たちだ。初めてマッサージサロンに雇われたころ、私は極左界隈とつながりがあって、売春をする女は無自覚であれ、そう仕向けられているのであれ、とにかくそうせざるをえない被害者なのだといつも聞かされていた。私はそれを信じていたが、実情はかなり違っていた。私にドアを開けてくれたのは、驚くほどきれいな黒人の女の子だった。それまで間近に見たなかで、いちばん美人なくらいだった。彼女のような女について哀れんだり、同情したりすることは難しかった。そのあと、もっとよく知るようになると、私より少し年下で、社会にうまく適応していて、エステティシャンとして何年も働いていた経験があり、好きな男と婚約していることがわかった。ユーモアのセンスがあって、音楽の趣味が抜群によかった。しっかりしていて、意志の強い働き者に見えた。私や知り合いの女たちに比べ、聡明できちんとしていた。プロの娼婦に抱いていたイメージとはぜんぜん違った。とても人気があり、毎日現金で大金を稼ぎ、それをまじめに貯めていた。このサロンでは、ユーゴスラビアから戻ってきた黒髪の小柄な女が私と同時期に採用された。半年間、人道支援活動をしていたのだという。ビジネススクールの卒業生だが「ふつうの仕事」を探しているときに迷いを感じ、試しにサロンで働いてみたそうだ。恋人には大企業で秘書をしていることにしていて、長く続けるつもりはないようだった。私たちは自分たちふたりを魅了する、この仕事の奇妙な点について何度かじっくり話し合った。

知り合いになった女たち全員にあてはまる唯一の共通点は——もちろん、みんな金が必要なのは同じだったが——自分がしていることを誰にも話さないことだった。女の秘密。友達にも家族にも恋人にも夫にも。ほとんどが私とまったく同じようにしていたのだと思う。つまり、ときどき、少しの間だけこの種の仕事をして、その後はまったく違うことをするのだ。

売春をしていたと言うと、人々は信じられないという顔をする。だが、レイプと同じでこれはたいそうな偽善である。もし統計がとれたら、知らない相手にセックスを売ったことのある女の実際の人数がわかって、啞然とすることだろう。「偽善」といったのは、私たちの文化では、誘惑と売春の境界線はあいまいで、ほんとうはみんなそのことを知っているからだ。

最初の年、私はこの仕事がほんとうにとても気に入っていた。他の仕事より簡単に稼げたし、なにも考えず、道徳なんてまったく気にせずに、興味を引くこと、興奮すること、当惑することや夢中になれることをほとんどすべてやってみることができたから。自分では思いつかないようなことや、一度だけならいいが、プライベートで頼まれても気が進まないようなことも。その立場の心地よさに気がついたのは、やめてからだ。

ヴィルジニー・デパントという名前で作家になってから、乱交クラブを見に行ったことがある。娼婦として客に付いて来ていたのだったら、どんなに気楽だったろうと思った。仕事だから行き、金をもらって、してはいけないことをする。なにも悩む必要がない。パンクロックだ。だが、金のためではないとなると、なにもかもが複雑になる。私はプロデューサーに付き合って行ったのか、それとも純粋に自分の楽しみのために行ったのか？　飲みすぎてあの場でああいうことをしたのか、それともほんとうに興奮していたのか？　翌日どう感じるかということだけでも想像してみる勇気があっただろうか？

金のためではなく遊びだと、私のセクシュアリティはどこまでも混乱したものに感じられた。私は女であり、カップルというかたち以外でのセックスは自分の領域に属するものではなかった。客を選べて筋書きも決まっているパートタイムの売春は、女にとって、愛のないセックスがどんなものか試し、いろいろな経験をしてみる手段でもある。心から楽しんでいるようなふりをする必要も、社会的な利益を期待する必要もない。娼婦ならば、いくらで、なにをしに来たのかわかっている。もしオーガズムに達するとか、好奇心を満足させることができたらもうけものだ。選択肢のある自由な女であることは、もっとずっと複雑で、結局のところ簡単ではなかった。

この仕事を始めたとき、周りはみんな私が女らしくなったと褒め、喜んでくれた。だからなおさら私はこの新しい仕事が好きになった。女が女らしくなれば、喜ぶ人はとても多い。そういうものなのだ。いったいどうしたんだと聞いてくる人はほとんどいなかった。さっきもいった通り、それまで私は「女らしい服」にまったく興味がなかったが、そういう服を着るようになったおかげで、男についての2、3の重要な事実を理解することができた。ガーターベルトやピンヒール、アップリフト型のブラジャー、口紅などのフェティッシュなオブジェが引き出す効果は、そんな効果を予想していないときにはまるで壮大な冗談みたいだった。モノ扱いされる女や豊胸手術をしたセクシーな女、テレビに出ている整形した痩せすぎで身もちが悪そうな女に同情するとき、人はその効果を見て見ぬふりをする。だが、男はこうした効果にとても弱い。サンタクロースはいないのだと誰にも教えてもらえなかったみたいに、彼らは赤いマントを見た途端、暖炉の下に届けてほしいプレゼントのリストを振り回しながら走って追いかける。あれ以来、男たちが権力と金と名声を好む女の愚かさについて語っているのを聞くのが好きになった。女たちのほうが、網タイツを好きな自分たちよりもバカだと言わんばかりだから。

私の場合、売春はレイプから立ち直る上での決定的なステップだった。それは、暴力によって私から奪われたものを、代金の支払いのたびに取り戻す試みだった。同じものを毎回客に売ることができるのは、それが無傷のままだからだ。10回続けて売れるということは、いくら使ってもそれがダメにならないからだ。この性器は私だけのものであり、使っているうちに価値が減ることはなく、しかも金になる。ふたたび私は女の立場に立ったわけだが、今度はそこから利益を引き出した。

いま、とまどいを感じるのは、売春をしていた過去ではなく、この章を書くために自分の過去に集中するといい思い出が浮かんでくることのほうだ。玄関で呼び鈴を鳴らす前のアドレナリンの分泌、仕事が始まるとさらに大量に放出されるアドレナリン。セックスについても、もっとなにか言えたらとは思うが、この分野に私が付け足せるようなことはないだろう。だが全体としてはとても刺激的だった。娼婦であることはだいたいの場合最高で、欲望を満たすこともできた。自分の金で、初めてほんとうに買い物をしたのもこのころだった。いつか手にできるとは夢にも思わなかったような額の現金を、１日で使い切った。この経験のおかげで男が子どものような弱い存在に思えるようになった。男が私にとって、感じのよい、前ほど威圧的でない、より興味を引く存在になった。そして、理解可能な存在にも。自分で対処できないくらい注目を集める方法を私は発見した。そのことは、思った以上に男の地位に対する私の怒りを鎮《しず》めた。

一般に信じられているのとは反対に、男の地位はそれほど高くない。何者かであろうとしたり、なにかをしようとするのを邪魔されたら私は怒り狂うが、彼らの存在そのものや、彼らの行いに対しては怒りは湧いてこなくなった。

難しいのは売春について話すことだ。そしてそのせいで人々――私が今後出会うかもしれない人々――の頭に浮かぶもの。尊大さ、軽蔑、馴れ馴れしさ、見当違いな結論。

パリに移ってからは仕事が難しくなった。女の数も、ものすごくきれいな東欧出身の白人女性も、危険な客もずっと多くなった。ミニテルのサーバーは常時監視されていて、前と同じように客を選ぶことができなくなった。土地勘もなく、安全を求めてマッサージやストリップのような仕事で我慢しようと思っても、給料はバカみたいに少ないし、仕事場は狭く、需要に対して常に供給が多すぎる状態だった。そのせいで、同僚の女たちの雰囲気も最悪だった。しかも恋人ができたので、嘘をつかなければならなくなり、自分の汚れを家に持ち帰っているような気持ちになった。バランスがとれなくなった。

　やめるのは難しかった。賃金労働者としてふつうに扱われる、ふつうの給料の仕事に戻ること。朝起きて、一日中仕事をすること。いずれにせよ、あちこち応募したものの、どこにも採用されなかった。やっと、数か月ヴァージン・メガストアーズ[10]で店員として働くことができたのは、そこで知り合いが働いている人と知り合いになれたからだ。最低賃金で働くことさえ、ぜいたくに属することになった。そうこうするうちに、労働市場はより厳しくなり、私は履歴書に怪しい空白期間を残したまま年をとっていった。賃金労働者への再適応は容易ではなく、唯一みつけられた安定した仕事は、アダルト雑誌のポルノ映画レビューだった。だが、それではパリの家賃は払えず、ベビーシッターもした。少なくとも、ぜんぜん嫌ではなかったけれど、パリで生活するには足りなかった。

10　大手のレコード店。

売春はハードドラッグに似ている。はじめはいい。男と金に対する万能感、強い感情、より興味深い自分自身の発見、迷いからの解放。ただ、それは見かけだけの解放だ。コカインと同じで、ひどい副作用があるのに最初の感覚を取り戻そうとしてやめられなくなる。やめるときの難しさも似ている。一度だけ、たった一度だけと思ってまたやってしまう。なにか少しでも問題があると、翌週にも、これが最後だからとミニテルをつけてしまう。そして、心の平穏を得るどころか、やめることでかえって平穏を失っていると気づいたときに、また始めるのだ。コントロールできていた魔法の力が、限度を超えてしまい、脅威になる。魅力であったものが、今度はそれ全体を台無しにする。

しばらくこんなふうに、やめたり、また始めたりしていた。それから、私はヴィルジニー・デパントになった。作家の仕事の一部として、プロモーションのためにメディアに出ることがある。それは売春に似たところがあり、いつも驚かされる。ただし、「売春をしている」と言うと味方してくれる救済者だらけなのに、「テレビに出ている」と言うとみんなが嫉妬する。だが、自分がもはや自分のものでないような感覚、プライベートを売って、個人的なものを見せている感覚はまったく同じだ。

売春と合法的な賃金労働、売春と女の誘惑、金銭の授受を伴うセックスと打算的なセックス、あの数年に私が経験したこととその後の数年に経験したこと。私にはいまだに、それらの明確な区別がわからない。金と権力をもった男が周りにいるときに、女が自分の体を使ってすることは結局すべて同じように思える。雑誌のなかで売られている女らしさと、娼婦の女らしさの微妙な違いがいまだに私にはわからない。

あれから、はっきりと値段を言わないたくさんの娼婦たちに知り合った。セックスに興味はなくても、そこから利益を得ることは知っているたくさんの女たち。醜態をさらしてうんざりさせる、気が滅入るような見苦しい年寄りなのに、社会のなかでは権力を握っている男とならば寝る女たち。そういう男と結婚して、離婚のときにはできるだけ多くの金をせしめようと奮闘する女たち。囲われて、旅行に連れていってもらったり、甘やかされたりするのを当然と考える女たち。それを成功とさえ考える女たち。女たちが、愛を暗黙の経済契約のように話すのを聞くと悲しくなる。自分と寝るために男が金を払うのを期待すること。それは、自立を完全にあきらめた彼女たちにとっても、金がなければ性欲を受け入れてもらえない男にとっても、みじめなことに思える。少なくとも娼婦は客が満足すれば、あとは邪魔をされずにどこへだって行ける。これは私の中産階級的なところだが、私にはどうしても受け入れられないある種のことがらがある。そして、私にはいつも抜け目のなさが足りない。

それでも、もし女の子にアドバイスをするならこう言いたい。「自分の魅力から利益を引き出したいのなら、率直に行動して自立を保つようにしなさい。旅行に連れて行くくらいしか能のない男と結婚して、一緒に住み、妊娠し、身動きが取れなくなるくらいなら」

男は、女は誘惑され困らされるのが好きなのだと、勝手に思い込んでいる。これは純然たる同性愛的な自己投影だ。もし自分が女だったら、他の男を興奮させられることこそがすばらしいと思っているからだ。なるほどたしかに、デコルテや真っ赤な唇で男の理性を失わせるのは気分がいい。子どもたちを喜ばせるために、ミッキーの着ぐるみを着るのを楽しんだり、それ以外のことを楽しんだっていいのと同じだ。

多くの若い女にとって、誘惑はわけもないことだ。ゲームのルールを受け入れるだけでいい。女らしさを演じることで、男らしさについて男を安心させてやればいい。しかし、そこから個人的な利益を引き出すには、それに合った適性やもっと特別な資質が必要だ。みんなが上流階級の出身ではないように、みんなが男から最大限の金を引き出せるよう鍛えられているわけではない。そしてここでもまた、自分で金を稼ぐほうがいいと思う女がいる。多くの男が信じているのとは反対に、すべての女が高級娼婦の魂《たましい》をもっているわけではない。

たとえば実力にこだわる女もいる。なにかを成し遂げるのに、年寄りの男に――雇ってもらったり仕事をもらったりすることを期待して――笑顔をふりまく必要がないような実力。無愛想で、厳しく、妥協を許さないことを可能にする実力。女がそうした力を行使するのが、男がするのよりも下品だということはない。私たち女は性別ゆえに、この種の喜びは放棄するものだと考えられているが、そんなことを期待されても困る。

現実の生活でシャロン・ストーンに出会うことはほとんどない。だが、コカインに酔ってぼんやりした、きれいなワンピースに身を包んだ美人ならたくさんいる。男は美人に目がない。言い寄って、そのうちひとりをベッドに連れ込むことができれば、おおいばりだ。だが、彼らがほんとうに好きなのは、美人が失敗するのを見て、同情しているふりをするか、おおっぴらに喜ぶことだ。その証拠に、手に入れられなかった女や、むかし苦しめられた女が老いていくのを見るとき、男たちはひどく嬉しそうである。美人だった女の変化は予想のつくものであるし、あっという間だ。忍耐強くない男でも仕返しができる。

「女性の逸脱とは、男性に性サービスを提供することでも、性サービスによって金銭や物品を受け取ることでもない。そうではなく、性サービスと引き換えに金銭をあからさまに要求し、獲得することである」とフェターソンは書いている。

家事や育児のように、女性の性サービスは無償でなければならない。金は自立を意味する。売春がモラルを乱すのは、女性がそこに喜びを見出さないからではなく、女性が家の外で自分で金を稼ぐからだ。娼婦は「ストリート・ガール」と呼ばれるように、街を我がものとする女だ。彼女は家や母性、家族の枠組みの外で働く。男は彼女には嘘をつく必要がないし、彼女のほうは男を騙す必要がない。したがって、彼女には男の共犯者になる可能性がある。昔から、女と男は互いを理解したり、仲良くなったり、真実を語り合ったりはしないものだった。だからこの可能性は、脅威だ。

新聞雑誌の記事やラジオのルポルタージュなど、フランスのメディアはいつも、不法滞在の女性を搾取する路上売春のような悲惨な売春を取り上げる。あきらかにこれは、ドラマチックな効果を狙ったものだ。都市郊外でおこなわれている、まるで中世のような不正はほんの少し見せるだけでいつだって絵になる。人々は虐待された女の話を広めたがる。女はみんなその話を聞いて、自分は危ういところで難を逃れたと思う。また、路上で仕事をする娼婦や男娼が取り上げられるのは、インターネットで仕事をする人々とは違い、仕事について嘘をつくことができないからでもある。もっとも悲惨な売春は、探せばたいした苦労もなく見つけることができる。なぜなら、まさにそれは、万人の目から逃れる手立てをもたない売春だから。滞在許可証を取り上げられ、合意もないままにレイプで言いなりにされ、一晩に何人も客を取り、薬漬けにされた女たち。堕落した女の肖像。それがみじめであればあるほど、その比較から男は自分の強さを感じることができる。悲惨であればあるほど、国民は自分の自由を信じることができる。そして、ひどい条件でおこなわれている売春を描いた耐えがたい映像から、売春全体に関する結論が引き出されるのである。地下室で不法労働する子どもたちの映像だけで、テキスタイル産業全体について語るのと同じくらい適切な結論だ。だが、この問題はたいしたことではない。ほんとうに問題なのは、こうした報道が、どんな女も婚外の性サービスで利益を得てはいけないという考えを広めているという事実だ。その考えによれば、女は未熟すぎるのでどんな場合であろうと、自分の魅力で金儲けをすることを自分で決めてはいけない。女はまともな仕事を好むはずだ。道徳的にまともだと思える仕事を。品位を落とさない仕事を。なぜなら愛のないセックスは、女にとって常に品位を落とすものだから。

人々がこれほどまでに見せたがる娼婦のイメージ――あらゆる権利を失い、独立と自己決定権を奪われている――には、いくつもの機能がある。たとえばそれは、女を買いに行こうとする男に対して、彼らも身を落とすことになると警告する機能である。このようにして男は結婚へ、家族という単位へと引き戻される。みんなが家庭にとどまらなくてはいけないからだ。これはまた、男の性欲はおぞましいものと決まっていて、被害者を生み出し、人生を破壊するものなのだと男たちに思い出させる方法にもなっている。男の性欲は犯罪的で危険で反社会的な脅威のままでなくてはならないからだ。だが、それは揺るぎない真理などではなく、文化の産物だ。

娼婦がきちんとした条件で働くのを邪魔することは女に対する攻撃であるが、それは同時に、男の性欲に対するコントロールでもある。したいときにセックスをするということが、容易で楽しいものであってはならないし、男の性欲は問題でなくてはならないのだ。これはダブルバインドだ。欲望を刺激するイメージが街中にあふれているのに、その解放は問題視され、罪悪感を抱かせるのだから。

娼婦を被害者扱いするという政治的決定は、男の欲望に不名誉な烙印を押す。そうしたければ、金を払って性的快楽を得てもいいが、それは腐敗、恥辱、みじめさと隣り合わせである。「金を払うから、お前は俺を満足させろ」という売春の契約は、異性愛関係の基本だ。人々がよくするように、こうした関係が私たちの文化のなかで異質なふりをするのは偽善である。反対に、ヘテロの男性客と娼婦の関係は、はっきりとした正常な異性間の契約だ。だからこそ、明確な意図を持って、その関係は干渉されている。

サルコジ法[11]は街娼を街の外へ追いやり、パリの外周環状道路の外側の森で働かせ、警官と客の気まぐれに従わせた（森の象徴性は興味深い。性は見える領域、意識、光の当たる場所から物理的に締め出されなくてはならない）。これは、道徳的観点からの政治決定ではなかった。この目的は、都心の住民、つまり私たちの中でもっとも裕福な人たちの目から、この貧しい者たちの姿を隠すことだけではなかった。政府は男らしさの神話を政治的に構築するのに欠かせない女の身体という道具

11　２００３年に当時内相だったニコラ・サルコジ元大統領が策定した「国内治安のための法律」の通称。この法律により、娼婦の客引きが禁止された。その後、２０１６年にフランスでは買春が犯罪化された一方、売春自体は合法とされている。

を通して、男の生々しい欲望を都市の外へ送り出すことに決めたのである。それまで娼婦がわざわざ高級住宅地にいたのは、家に帰る前にさっとフェラチオをしてもらいに立ち寄る客がそこにいたからだ。

フェターソンは著書のなかでフロイトを引用している。「優しさと官能というふたつの流れがひとつに統合されているのは、文明化された人々のうち、ごくわずかな人々においてのみである。女性に対して尊敬の念を抱くと、男性はほとんどいつも性行為で不自由を感じ、貶められた性対象の前でしかその能力を十分に発揮することができない。このことの原因は部分的には、尊敬する女性が相手では満足させることのできない倒錯的要素が、彼の性目標に含まれているからである[12]」

女の体の上にはアフリカの地図のように、聖母と娼婦のふたつを分けるまっすぐな境界線が引かれている。それは、土地の実情をまったく考慮せず、占領

12 性対象と性目標はフロイトの用語。欲望の対象を性対象といい、その対象とのあいだで欲望される行為を性目標という。

者の利益だけを考えた線引きであり、「自然な」プロセスによって生まれたものではなく、政治的意思によって決められたものだ。女は相容れないふたつの選択肢のあいだで引き裂かれる運命にある。

そして男は、自分たちを勃起させるものは問題のあるものでなくてはならないという、また別の二分法のあいだで板挟みになっている。しかも、妥協は絶対にありえない。なぜなら、男には自分が欲望するものを軽蔑し、この欲望の身体的な表出のせいで自分自身を軽蔑するというきわめて特異な性質があるからだ。男は、自分自身との根源的な不和のなかで、恥ずべきことだと感じるものに勃起する。いちばん手っ取り早く欲望を解放させてくれる街娼を追い出すことで、社会は男の性欲の解放を困難にした。

客に言われた印象的な一言がある。事が済んだあとで、それぞれ別のときに別の男から何度も言われた。彼らは優しく、少し悲しげな、どちらにしても諦めたような様子で言うのだ。「君みたいな女の子たちがこんなことをしているのは、俺みたいな男のせいだ」と。これは、堕落した女という私本来の場所に私を立ち戻らせるための言葉である。私には私自身がしていることのせいで苦しんでいる様子が、あまりなかったからだろう。

これはまた、外からはうかがい知れない男の快楽が、どれほど苦痛を伴うものかを示す一言でもある。つまり「僕が君としたいことは、必ず不幸をもたらす」ということだ。男はたとえ誰も傷つけずに相手も自分も満足できる場合でも、罪悪感を感じ、自分の快楽を恥じなければならない。男の欲望は女を傷つけ、卑しめなくてはならないからだ。その結果、男は罪悪感を抱く。これもまた、避けられない運命などではなく、政治の産物だ。今のところ、男たちはこうした鎖から自由になる気はなく、むしろその反対のようである。

私は、どんな条件でも、どんな女にとっても、この種の仕事がなんでもないものだと断言しているわけではない。しかし、経済が現在のような状況の場合、つまり苛酷な戦争状態の場合に、適切な枠組みの中での合法的な売春まで禁じてしまうと、女という階級に属する者たちが、スティグマを引き受けるかわりに利益を得て豊かになる道が閉ざされてしまう。

もし、ノーマ・ジーン・アルモドヴァーやキャロル・クイーン、スカーロット・ハーロット、マーゴ・セント・ジェームスなどセックス・ポジティブ[13]のアメリカのフェミニストの著作を読んでいなかったら、ときどき売春をしていたあの何年かについて、私はこれほどいい思い出を抱いてはいなかっただろう。彼女たちの著作はどれもフランス語には翻訳されておらず、フェターソンの『売春のプリズム』も重要文献であるのにそれほど知られていない。クレール・カルトネの『あなたたちに言うことがある』（未邦訳）はほとんど読まれず、証言録のような位置づけだ。これは偶然ではない。フランスで理論が十分に紹介されていない現状は、売春を恥と闇のなかにとどめておき、伝統的な家族という単位を可能なかぎり守るための戦略だからである。

13　性や性表現を肯定的にとらえる運動。

私が売春を始めたのは91年の終わりで、『ベーゼ・モア』[14]を書いたのが、92年4月だ。これは偶然ではないと思う。執筆と売春のあいだにはたしかな関係がある。自分を解放し、してはいけないことをし、内面を明け渡し、多くの人の評価という危険に身をさらし、集団からの追放を受け入れること。女の場合は特に、公《おおやけ》の女つまり娼婦になることだ。誰に読まれるかわからないのに、秘密にしておくべきことを話し、新聞にさらされる。伝統的に私たちに割り当てられてきた場所――私人であり、男の所有物、半身、影であること――とは明らかに逆の立場だ。小説家になり、簡単に金を稼ぎ、熱狂とともに反感も引き起こすこと。公人の恥は、娼婦の恥に似ている。射精させてやり、誰も一緒にいたくないと思うような相手に付き添い、知らない人と親密な時間を過ごし、さまざまな種類の欲望を価値判断なしに受け入れる。小説のなかにはたくさんの娼婦が出てくる。モーパッサンの『脂肪の塊』、ゾラの『ナナ』、『罪と罰』の

14 邦題『バカなヤツらは皆殺し』。前述の映画『ベーゼ・モア』の原作小説。

ソフィア・セミョーノヴナ、『椿姫』のマルグリット、『レ・ミゼラブル』のファンティーヌ……。彼女たちは人気のある登場人物で、宗教的な意味における反《アンチ》・母だ。判断を下さず、理解があって、男の欲望を受け入れる、恵まれない、道徳から自由な女たち。男が女になるのを夢みるとき、彼らが夢想するのはふつう、家庭の運営に気を配る母親ではなく、排除され、自由にどこへでも行ける娼婦のほうだ。事実が一般常識の真逆だということはよくある。だからこそ、あれほどしつこく、無遠慮に何度も言うのである。娼婦の実像はそのいい例だ。売春は「女性に対する暴力だ」と断言するとき、結婚や私たちが耐えている他の物事も女性に対する暴力であるということを、社会は私たちに忘れさせようとしている。ただでセックスする女には、それしか選択肢がないと言い聞かせ続けなくてはいけない。でなければどうやって彼女たちをその状態のままにしておけるだろう。

女が合意し、きちんとした報酬が支払われる場合、男の性欲それ自体は女に対する暴力にはならない。暴力的なのは私たちに対しておこなわれる管理のほうだ。つまり、私たちのかわりに私たちにとって、なにがふさわしく、なにがそうでないのかを決める権力のほうである。

第5章

ポルノは暴く

ポルノグラフィは、私たち自身の姿を見ることができる鏡のようなものだ。ときには、そこに見えるものが心地よいものでなかったり、落ち着かない気持ちにさせられたりすることもある。しかし、それに目を向け、真実を見て学ぶのはなんとすばらしいことだろう。
粗悪なポルノへの答えは、ポルノをなくすことではなく、より質の高いポルノを製作することである。

アニー・スプリンクル『心からのハードコア』
（2001年、未邦訳）

それにしても、ポルノのいったいなにがそんなに問題なのだろう。ポルノにあれほどの冒瀆的な力を与えているものはいったいなんなのだろう。脱毛したあそこを巨根が激しく突き上げるのを見たら、現代人の多くは胸で十字を切らないまでも恐れおののく。うんざりした様子で「こんなもの、もうなんの意味もない」と繰り返す人たちもいる。だが、街中でポルノ女優と並んで１００メートルも歩けば、その反対だということがすぐにわかる。あるいは、インターネットの反ポルノサイトを見るだけでも十分だ。宗教をモチーフにした風刺画の禁止について「中世でもあるまいし、やりすぎだ」と憤る人も、話がクリトリスや睾丸のこととなると、態度があいまいになる。ポルノの驚くべきパラドックス。

さまざまな決めつけがおこなわれている。それらは確かめようがないだけに断定的だ。集団レイプから異性間の暴力、ルワンダやボスニアでのレイプまで、なにもかもがポルノの責任にされる。ポルノはガス室にさえたとえられる。ひとつはっきりしていることは、性行為の撮影は大きな問題だということだ。ポルノについての論文や本は驚くほど多いが、まじめな研究は少なく、ポルノを消費する男たちの反応に関する調査はほとんどない。直接質問をするかわりに、彼らが考えていることを想像するものが多い。

デイヴィッド・ロフタスは『セックスを見る：男たちはポルノに実際どのように反応しているか』（未邦訳）で、さまざまなプロフィールの100人の男性を対象に、ポルノを前にしたときの反応についてインタビューをおこなっている。調査対象となった男性全員が法定年齢以前にポルノを見たと回答した。そのなかに、不快に感じたと答えた人はひとりもいなかった。反対に彼らにとってポルノの発見は、遊び半分だったり興奮したりしながら男らしさを形成していった、楽しい思い出だった。例外は２人の男性だ。２人はどちらも同性愛者で、うまく言葉にできないままに男性に惹かれていることを漠然と理解していたため、つらい経験だったと語っている。どちらの場合もポルノを見ることで、自分の性的指向をはっきり自覚せざるをえなくなったのだ。

ポルノに対する拒絶はえてして狂信的でパニックのように激しいものだが、私の考えでは、２人の経験はこの拒絶を理解するための興味深い手がかりになる。活動家たちはひどく怯え、まるで自分たちの命がかかっているかのようにポルノの検閲と禁止を声高に要求する。客観的にみて驚くべき態度だ。大写しになった後背位のセックスが国家の安全を脅かすとでもいうのだろうか。反ポルノサイトは、たとえばイラク戦争に反対するウェブサイトよりも数が多く、熱心である。単なるジャンル映画に対して思いがけないほどのエネルギーが費やされている。

ポルノの問題点はまず、理性の死角を突くことだ。言葉も思考も経由せずに、ポルノは性的妄想に直接語りかける。私たちはまず勃起するか濡れるかして、理由を考えるのはその後だ。自己検閲の反射的反応が狂わされる。ポルノ画像が「ここで興奮して、ここで体が反応する」と決め、私たちには選択の余地がない。どのボタンを押せば私たちのスイッチが入るのか、ポルノが私たちに教える。それこそがポルノの最大の力であり、ほとんど神秘的といってもいい側面だ。そして、多くの反ポルノ活動家が強硬に糾弾するのも、この点である。自分の欲望をありのままに語られたり、黙って無視することにした自分の一部について知らされたりするのを、彼らは拒否している。

ポルノのほんとうの問題は、欲望が昇華される前にそれを解放し、鎮める点にある。この意味で、ポルノは役に立つ。というのも私たちの文化では、行きすぎた性的妄想（街ではセックスに駆り立てる広告が私たちの脳を文字通り侵食してくる）と現実の性に対する極端な拒否感（私たちは大乱交パーティをずっとやっているというわけではなく、許容範囲はどちらかというと限られている）のあいだに緊張関係があるからだ。

ポルノはここに介入し、抑圧を心理的に解消して、ふたつのあいだのバランスを取る。だが、人を興奮させるものは、社会的観点からは人を当惑させるものであることが多い。男でも女でも、プライベートで身をよじるほど興奮させられるものについて、白昼堂々と認めようとする人はほとんどいない。セックスの相手にさえ、言いたくなるとは限らない。なぜなら、それが与える印象は、ふだんのその人のイメージと相容れないものだからだ。

性的妄想は夢と同じような間接的なやり方で、私たちが何者なのかを物語る。私たちはそれが実現してほしいと望んでいるわけではない。

あきらかに多くのヘテロ男性は、他の男に挿入されたり、侮辱されたり、女にアナルを責められたりすることを想像して勃起する。同じように、あきらかに多くの女性がレイプや集団レイプ、あるいは女とのセックスを想像して濡れている。ポルノを前にして居心地が悪くなるもうひとつの理由は、自分は性に貪欲なあばずれだと思っていたのに、実は淡白だったということをポルノが明らかにしたりするからだ。なにに興奮し、なにに興奮しないかは、コントロールのきかない闇の領域の問題だ。それが、私たちが意識してそうありたいと望んでいるものに一致することはめったにない。コントロールをあきらめて無意識に身をまかせるのなら、この点はポルノ映画の魅力となるし、すべてをコントロールできないことを恐れるのなら、同じ点がポルノ映画の危険性にもなる。

ポルノ映画はリアルな映像を求められることがとても多い。まるで、ポルノは映画ではないとでも言いたげに。たとえば、オーガズムに達したふりをする女優は非難される。それが彼女たちの役割で、彼女たちはそれで金を稼ぎ、そうする技術を身につけているのに。ブリトニー・スピアーズに対して、ステージに立つたびに本気で踊りたいと思っていてほしいと要求する人はいない。彼女はステージを演じて、私たちはそれを見るためにお金を払う。それぞれが自分のやるべきことをして、誰も「あれはふりをしているだけだ」などと文句は言わない。それなのに、ポルノは真実でなければならない。本質的に幻影の技術である映画には、人々が決して求めないことだ。

私たちは、ポルノ映画に対して恐れを抱くまさにその点を、ポルノ映画に要求している。つまり、私たちの欲望に関する真実を明るみに出すことだ。卑猥な言葉を言い合いながら他人がセックスするのを見て、どうしてあんなに興奮できるのか私にはぜんぜんわからないが、とにかく機能している。そういうメカニズムなのだ。ポルノは、私たちの別の一面を容赦なく暴き出す。なぜなら、性的欲望とはメカニズムであり、人を勃起させることはとても簡単だからだ。とはいえ、私の性欲は複雑だ。性欲が私について教えてくれることは、必ずしも私の気に入るわけではなく、私がそうありたいと願うあり方と常に一致するわけでもない。それでも私は、私の性欲について知りたい。安全な社会的イメージを保つために目を背け、自分について知っていることを否定するかわりに。

ポルノを中傷する人々は、まるでポルノにはひとつの種類しかないような言い方で、ポルノ映画の質の低さを批判する。彼らはポルノはクリエイティブではないという考えを広めたがっている。だがそれは嘘だ。ポルノ映画ははっきりと区別できるいくつものサブジャンルに分かれている。70年代の35ミリフィルムは、ビデオの登場により誕生したアマチュアポルノとは違う。そしてビデオ作品は、携帯電話で見る動画とも、インターネットでライブ配信されるウェブカメラ動画などのさまざまなサービスとも異なっている。高級ポルノ、オルタナティブ・ポルノ、ポスト・ポルノ、集団レイプ、ハメ撮り、SM、フェチ、ボンデージ、スカトロ、熟女・巨乳・美足・美尻などのマニア向けポルノ、トランスジェンダー・ポルノ、ゲイ・ポルノ、レズビアン・ポルノなど、それぞれのジャンルに独自のスタイルや歴史、美学がある。同様に、ドイツのポルノ映画の嗜好は、日本やイタリア、アメリカのポルノ映画とは異なっている。世界各地に、それぞれ独自のポルノがある。

ポルノ映画の歴史を実質的に形づくり、創造し、定義してきたのは検閲だ。

なにかが禁止されても、それを回避するための興味深い工夫がほどこされ、すぐにポルノ映画館で見られるようになる。

検閲の方法は、多少なりとも非人間的でバカバカしく逆効果のものだ。フランスではケーブルテレビが、見せてもいいものといけないものを決めている。たとえば、暴力シーンや服従シーンは見せてはいけない。強制シーンなしのポルノ製作は、ブレードなしのスケート靴でスケートを滑るようなものだ。うまく行けばいいが。また、ディルドやペニスバンドなど、セックス・トイの使用も禁じられている。レズビアンのポルノや、挿入されている男の映像もダメだ。すべては女の尊厳を守るためということになっている。

特に、ペニスバンドの使用が女の尊厳を損なうというのがわからない。ＳＭシーンを放送したからといって、女は出社後すぐに鞭で打たれたがっているとか、猿ぐつわをしたまま皿洗いをしたがっているとか主張したことにはならない。女たちもそのことは十分に理解している。逆に、屈辱的な地位に貶められた女なんて、テレビをつければいくらでもいる。禁止事項は有無を言わさぬものので、政治的に正当化されている（SMはエリートのためのスポーツにしておかなくてはならない。大衆にはその複雑さが理解できず、怪我をするだろうから）。それでも、性表現の規制が問題になるたびに、女の「尊厳」が口実にされる。

理不尽な契約、引退後の映像管理が不可能な点、映像使用料の未払いなど、女優の尊厳のうち労働条件という側面に関しては、検閲派は興味を示さない。女優たちが、この仕事のきわめて特殊な性質について情報を得られる専門的なケアセンターがひとつもないことについて、公権力はほとんど気にかけていない。公権力が気にする尊厳と、みんながどうでもいいと思う尊厳があるのだ。しかし、ポルノは人間の肉体、女優の肉体を使ってつくられる。結局、ポルノの道徳的問題は、女優に対する暴力的な扱いだけである。

ここで取り上げる女たちは、この仕事をしようと決めた時に18歳から20歳くらいだった。「長期的影響」という言葉が古代ギリシア語と同じくらいにしか意味をもたない、あのとても特別な年齢だ。中年男たちは子ども時代を終えたばかりの女の子を誘惑するのを恥とも思わず、思春期を迎えたばかりの性器を見ながらあたりまえのようにオナニーする。これは大人である彼らの問題であり、責任と結果を引き受けるべきだ。たとえば、性欲を満たしてくれる女の子たちには、特にやさしく親切にしてやったっていいはずだ。ところがぜんぜんそうはならない。男たちは自分が見たがったものを、女の子たちが自分の意思で見せると怒るのである。「頼むから俺がほしいものをくれ。あとでお前の顔に唾を吐きかけるから」――男の潔さ、首尾一貫ぶりとは、つまりこういうものだ。

ポルノに出演する女はいちど仕事を始めたら、もう元には戻れないと知っている。幻想を抱かないようにと何度も言われるからだ。結局、人々は危険な目に遭っている女が好きなのだ。社会は彼女たちに負の烙印を押し、公然と道を踏み外した代償を払うよう見張っている。

『ベーゼ・モア』をコラリー・トリン・ティ[1]と共同監督した時、私はこれを間近で経験した。彼女の体が男を夢中にさせ、男たちがうっとりそれを思い出すだけなら、まあいい。だが、彼女がもっといろいろなことをする権利を執拗に否定する態度にはうんざりさせられた。彼女が映画の共同監督になったのは、私の気まぐれだと思われていた。どんな理由があっても、彼女の行動はすぐに分不相応と判断された。彼女は脅威をもたらす存在あるいは、知性や創造性を発揮する存在だとはみなされなかった。男たちは自分が枠の中に押し込めた性的妄想の対象が、その枠からはみ出すことを嫌う。女たちは彼女がただそこにいるだけで脅かされているように感じ、彼女の職業が男に引き起こす反応を心配する。コラリーの口から言葉を奪い、話をさえぎり、口をふさがなくてはならないという点では、誰もが同意見だった。インタビューでの彼女の発言が活字になるときは、私の発言ということにされた。私が問題にしているのは個別のケースではなく、ほとんど一般的ともいえる反応のことだ。男の性欲を守る

1　1976年生まれのフランスのポルノ女優。のちに作家となった。

ために、コラリーは公の場所から姿を消す必要があったのだ。なぜなら男は欲望の対象に、それに見合った地位つまり現実感を感じさせず、無言でいることを望むからだ。

ポルノ映画をパフォーマンス・アート界の最下層の地位に押しとどめておくためには、セックスの視覚表現をゲットーの中に閉じ込め、他の表現と明確に区別することが政治的にきわめて重要である。同様に、ポルノ女優には非難と恥、負の烙印を押したままにしておかなくてはならない。彼女たちには他のことができないのでも、それをしたくないのでもない。ただ彼女たちには絶対に他のことができないように仕組まれているのである。

セックスで金を稼ぐ女、女の地位を利用して具体的な利益を引き出し自立している女は、公に罰せられなくてはならない。彼女たちは規範に背き、尊敬に値する女の役も、良妻賢母の役も演じようとしない――そうした役割を免れるのに、ポルノに出演する以上に過激なやり方もないものだ――したがって、彼女たちは社会から排除されなければならない。

これは階級闘争だ。貧困から脱出するために、階級上昇の手段を獲得して、無理やりにでも活用したいと願う女たちに、指導者たちは語りかける。それは、ある階級から別の階級への政治的なメッセージだ。女は結婚以外に階級上昇を果たす見込みがなく、そのことを肝に銘じておかなくてはいけない。男にとってポルノに相当するものは、ボクシングだ。彼らは攻撃性を発揮して、金持ちの気晴らしのために体を危険にさらさなくてはならない。だが、ボクサーはたとえ黒人であっても男だ。わずかでも階級移動のチャンスがある。女は違う。

70年代にヴァレリー・ジスカール・デスタン[2]が映画館でのポルノ上映を禁じたのは、人々の抗議の声に応じるためでも――人々が「もう我慢の限界だ」と言ってデモを始めたわけではない――性機能障害の増加に対応するためでもなかった。ポルノ映画があまりにも人気だったからそうしたのだ。民衆は映画館につめかけ、性的快楽という概念を発見した。映画館で良質のわいせつ映画を

2　1926年生まれのフランスの政治家、第20代大統領。在任期間1974～1981年。

見たいという欲望を、大統領は国民に禁じたのである。以来、ポルノは収益に大打撃を与える検閲の対象となった。戦争映画やロマンチックな恋愛映画、ギャング映画を撮るようには、野心的なポルノ映画を撮ることができなくなった。なんら政治的正当性なく、ゲットーの境界が定められた。このとき守られた道徳は、遊びのためのセックスは指導者にのみ許されるという道徳だった。民衆はきちんと、おとなしくするのだ。ぜいたくのしすぎは労働に悪影響があるかもしれないのだから。

エリートを憤慨させるのは、ポルノそのものではなく、その民主化だ。『ベーゼ・モア』の上映禁止について、２０００年に『ヌーヴェル・オプセルヴァトゥワール』[3]誌が「ポルノ：ノーと言う権利」という記事を掲載した時に問題にしていたのは、文学者にサドの著作へのアクセスを禁じることでも、寛大で好色な読者の個人広告欄を新聞からなくすことでもなかった。だいたい、あの過激なポルノ反対派の連中が、若い娼婦と一緒にいたり、乱交クラブにいたり

3　１９６４年創刊のフランスの週刊誌。２０１４年より『ロプス』。

しても、誰も驚きはしないだろう。『ヌーヴェル・オプセルヴァトゥワール』誌が主張したのは、特権階級の領域にとどまるべきものに自由にアクセスすることに対して「ノー」と言う権利だった。ポルノとは、儀式のように演出されたセックスである。ところが、私たちにはいまだによくわからない概念上の手品によって、ある人々には――「放蕩趣味」などと呼ばれて――よいとされるものが、大衆にとっては危険なものとされる。そして、大衆はその危険からなんとしても守られねばならないとされるのだ。

反ポルノの議論で、すぐ見失われてしまうのは、いったい誰が被害者なのかということだ。女たちだろうか。ペニスにフェラチオをしているところを見られたら、あらゆる尊厳が失われてしまうのだろうか。それともセックスを見たいという欲望を制御することも、ただの演出だということを理解することもできない、弱すぎる男たちのほうが被害者だろうか。

ポルノが男性器を中心につくられているという発想には驚かされる。人々が見ているのは女の体だ。それも、しばしば美化された女の体。ポルノ女優ほど人を困惑させる存在もいない。「バニーガール」とはレベルが違う。つまり、隣にいても怖くもなんともなく、気安く話しかけられる女の子とは違うのだ。ポルノ女優はモラルにとらわれない自由人、ファム・ファタル、あらゆる視線を引き寄せ、かならず周囲の動揺を――欲望であれ排除であれ――引き起こす女である。だったらどうして、セックスシンボルのありとあらゆる属性を備えたあの女たちにあんなに同情するのだろう。

タバタ・キャッシュ、コラリー・トリン・ティ、カレン・バック、ラファエラ・アンダーソン、ニナ・ロバーツ。彼女たちと一緒にいるときに衝撃だったのは、男たちが彼女たちをぞんざいに扱うとか、自分が優位に立とうとするといったことではない。その反対で、私は男たちがあんなに感激するのを見たことがなかった。もし、彼らがあれほどうるさく主張するように、女にできるいちばん立派なことが男を喜ばせることなのだとしたら、なぜ人々はあくまでもポルノ女優に同情しようとするのだろう。このとき破られている、これほどの熱意を呼び起こすタブーとはいったいなんなのだろう。
数百作のポルノ映画を見た私には、答えは簡単に思える。それは、映画の中のポルノ女優の性欲は男の性欲だということだ。映画の演出として、彼女は誰とでも、すべての穴をつかってセックスしたがり、毎回絶頂に達する。まるで女の体をもった男のように。

異性愛のポルノ映画を見ると、強調されているのは常に女の体であり、狙った効果を上げるのに、その体が利用されている。男優は同じパフォーマンスを要求されない。彼に求められるのは、勃起すること、せわしなく動くこと、精液を見せることだ。仕事は女がする。ポルノ映画の鑑賞者は男優よりむしろ、女優に自己投影する。どんな映画でも、人は強調されている登場人物に無意識に感情移入するものだ。ポルノはまた、自分が女だったらどうするか——どんなふうに男を満足させ、いいあばずれ女、ペニスが大好きな女になるか――を男たちが夢想するための道具でもある。よく、ポルノの演出に比べて現実は物足りないといわれる。現実では、男たちは自分には似ていない――あるいは似ていないことが多い――女たちとセックスをしなくてはならない（これに関して興味深い指摘をしたい。女らしさ満載の「現実の」女たち、「私ってほんとに女だなって思う」と会話のなかで何度も言い、男の性欲と相性のいい性欲をもった女たちこそ、もっとも男性的である）。現実が物足りないのは、異性愛者でありたいなら、女の身体的特徴をもった男とのセックスをあきらめなくてはならないからだ。

ポルノはセックスに関する人々の不安をあおるとして、しばしば非難されるが、実際には精神安定剤だ。だから激しく攻撃される。性が不安を抱かせるのは大事なことだからだ。ポルノ映画では出演者が「それをする」ことをみんなが了解していて、心配したりしない。だが、現実では人は不安を感じる。見知らぬ相手とのセックスは、常に少しの——乱暴に殴られるのでないかぎり少しの——不安を感じさせるものだ。これは大きなポイントである。ポルノでは、男が勃起し、女がオーガズムに達することはわかりきっている。私たちは誘惑や媚態、セックスのイメージであふれたメディア社会では生きていけず、ポルノを安全な場所と認識せずにはいられない。自分で演技をするのではなく、他人が巧みに演じるのを、静かに見ていればいいのだから。女たちは行為に満足し、男たちは硬く勃起して射精する。みんなが同じ言葉を話し、このときばかりはすべてがうまくいく。

なぜ、ポルノは男のものなのか？　ポルノ産業は30年も続いているのに、主に経済的恩恵を受けているのが男なのはなぜか？　答えはすべての分野と同じだ。女にとっての価値は権力と金ではない。権力と金は、男の協力のもとに手に入れ、行使すべきものだからだ。配偶者として選ばれよ、そうすれば相手の特権を利用できる。

ポルノを企画したり、演出したり、見たりして、利益を得るのは男だけであり、女の欲望は歪められている。というのは、女の欲望は男のまなざしを経由しなくてはならないからだ。女のオーガズムという考えが広まるまでにはずいぶん時間がかかった。長い間タブーとされ、想像さえされなかったが、1970年代になってようやく日常会話に登場するようになった。しかしすぐにそれは、二重の意味で女を抑圧するようになる。まず、女たちはオーガズムに達しないのは欠陥なのだと思わされた。不感症はほとんど不能のしるしになった。だが、女がオーガズムに達しないのは、男の不能とは違う。不感症の女は不妊症というわけでも、性感がないわけでもない。それなのに、オーガズムはひとつの可能性であるかわりに、至上命令となってしまった。女はいつだってなにかについて、自分を無能だと感じていなくてはならないのだ。第二に、男たちはすぐさま、女のオーガズムを自分たちのものにしてしまった。つまり、女は男によってオーガズムに達さなければならなくなった。女のオナニーは恥ずかしい、取るに足りないもののままだ。女のオーガズムは、男によって与えられなければならず、男は「やり方を心得て」いなくてはならない。『眠れる森の美女』のように、美女の上にかがみこみ、彼女を快楽へと導かなくてはいけないのである。

女たちはメッセージを理解し、いつものように、繊細な男の自尊心をできるだけ傷つけないようにした。若い女の子たちがいまだに、男がいかせてくれるのを「待っている」と言うのは、こういうわけだ。誰もが居心地の悪い思いをしている。男はどうすればうまくできるのかと悩み、女は自分たちの体や妄想について、男が自分たち以上に無知であることに苛立ちを覚える。

女のオナニーについては、身近な人たちに聞いてみるだけで十分だ。「ひとりでするのには興味がない」「ずっと男がいないときにしかしない」「誰かにしてもらうほうが好き」「しない、好きじゃない」。私にはこういう女たちがみんな、いったいなにをして暇つぶしをしているのかわからない。だが、いずれにせよオナニーをしないのであれば、ポルノ映画に興味がないのも納得がいく。ポルノ映画はオナニーのためにあるのだから。

女がひとりでいるときに自分のクリトリスをどうしようと、私には関係ないことだ。わかっている。それでも、オナニーに対する無関心には一抹の不安を覚えてしまう。ひとりでいるときにオナニーをしないのなら、女はいったいいつ、自分自身の妄想に向き合うのだろう。自分がほんとうに興奮するものをどうやって知るのだろう。そうした部分を知らずに、自分自身についていったいなにを知っているというのだろう。自分の性器が男の性器の添え物でしかないのなら、私たちが自分自身と結ぶ関係はどうなってしまうのだろう。

私たちはきちんとした女でいたい。もし性的妄想が、うす汚く、わいせつで恥ずかしいものに思えたら、それを押し殺してしまう。模範的な少女、家庭の天使、良き母親は、自分の深淵を探求するためではなく、他人の幸せのために存在する。私たちは自分自身の野蛮さに触れないように育てられている。他人の気に入ること、他人を満足させることを第一に考えなくてはいけない。私たちのなかの抑圧すべき部分については、残念だが仕方がない。性欲は私たちを危険にさらす。性欲を認めれば、性経験につながる。そして、あらゆる性経験は女が集団から排除される理由になる。

女の性欲については1950年代までみんなが沈黙してきた。女たちが初めて大勢で集まって「私たちは説明のつかない激しい衝動に突き動かされて、欲望している。私たちのクリトリスはペニスのように、欲望の解放を求めている」と知らしめたのは、最初期のロックコンサートだ。ビートルズは、会場の女たちが演奏に合わせて叫び、声で音楽をかき消してしまうので、演奏をやめなければならなかった。すぐさま、女性ファンのヒステリーだと見下された。彼女たちがコンサートで伝えていること、つまり、彼女たちが興奮して、欲望しているということを誰も聞こうとしなかった。この一大現象は隠蔽された。男たちはそんな話を聞きたくなかった。欲望は男だけに許された領域だから。スカートを履いた10代の女の子に口笛を吹いて気を引こうとする年寄りを「まだまだ元気だ」などとみなす一方で、ジョン・レノンがギターにさわるたびに欲望の叫び声をあげる女の子を軽蔑するのはおかしなことだ。一方は健康的な欲求の発露――社会に認められ、いい気にさせられ、好意と理解を示される――とされ、他方は当然のようにグロテスクで醜く滑稽な抑圧すべき欲望とみなされる。

色情症《ニンフォマニア》の女に適用される俗っぽい心理学的説明は、このような中傷の典型例だ。いわく、女たちが性交を繰り返すのは、性的欲求不満のせいだという。かくして異なる相手との性交を頻繁におこなう女は欲求不満であるに違いないという考えが広められた。しかし実際、この理論があてはまるのは、性的快楽と官能の欠如に不満を抱く男たちのほうだ。男は女の体に実際以上の価値を与えて理想化する。そして、望んだ快楽が引き出せないと、いつか本物のオーガズムを得られるのではないかと考えて、さまざまな相手との性交を繰り返す。ここでもまた男にとっての真実が誤って適用され、女の性欲に負の烙印が押されている。

パリス・ヒルトン[4]は四つんばいになった姿勢で、一線を超えた映像を撮られたことがある。ビデオは拡散され、おかげで彼女は世界中で有名になったが、この時、人々は重要なことを理解した。彼女は女という性に所属する以前に、彼女の社会階級に所属しているということだ。パリス・ヒルトンがフランスのテレビ番組『ニュル・パール・アイユール』（他のどこでもなく）に出演した際、コメディアンで俳優のジャメル・ドゥブーズとの間で奇妙な場面が演じられたのもこのためだ。ドゥブーズは彼女を堕落した女という立場に押し戻そうとした。「あんた。俺はあんたを知ってるよ。あんたのことを見た。あんたのこと

4　国際的なホテルチェーン「ヒルトンホテル」創設者の曾孫。芸能やビジネスの世界で活躍するセレブリティ（著名人）。その破天荒な生活ぶりにしばしば注目が集まっていた。1981年生まれ。

を、インターネットで見たよ」。彼は、男という性別の名において語り、生まれもった優位性を利用して、彼女を弱い立場に追い込もうとした。だが、パリス・ヒルトンはフランスのハードコア・ポルノ女優ではない。彼女は局部を見られた女である以前に、ヒルトンホテルの令嬢だ。彼女にとって、自分より社会階層の低い男に一瞬でも危うい立場に立たされることなど、考えられないことだ。彼女はまばたきひとつせず、ドゥブーズを見ることもほとんどなかった。まったく動じていなかった。これは、彼女の特殊な性格とは関係のないことだ。彼女は私たちみんなに、その気になれば自分は人前でセックスできるのだと知らしめたのである。昔から彼女が所属する階級《カースト》には、スキャンダルを巻き起こし、民衆に適応されるルールに従わない権利があった。男のまなざしに従属させられる女である以前に、彼女は貧乏人の批判を無視できる社会の支配者なのだ。

ここからわかるのは、ポルノの生け贄の儀式をぶち壊すには、良家の令嬢をつれてくるのが一番だということだ。支配者に強要された検閲がぶち壊されれば、全員の搾取の上になりたっていた道徳秩序もぶち壊される。家族、戦いを好む男らしさ、羞恥心など、あらゆる伝統的価値は、男女それぞれに特定の役割を押しつける。男は国家のために喜んで死に、女は男の奴隷になる。結局、私たちはみな支配され、私たちのセクシュアリティは簒奪《さんだつ》され、監視され、標準化される。ある社会階級の人々にとっては、現状維持は常に都合のよいものだ。そして、彼らは自分たちのほんとうの行動原理については真実を語らないのである。

第6章

キングコング・ガール

事実、男は今日、陽性ならびに中性、つまり男性ならびに人間であるが、一方、女はたんに陰性、つまり女性であるにすぎない。だから、女は、人間として行動するたびに、自分を男と同一視していると言われる。女がスポーツ活動、政治的活動、知的活動をしたり、ほかの女に欲望を抱くことは『男性的抗議』と解釈される。女がそれに向かって自分を超越する諸価値は考慮されず、そのため当然、女は主観的態度で非本来的な選択をしていると見なされることになる。こうした解釈の仕方は次のような大きな誤解にもとづいている。つまり、雌の人間にとっては女らしい女になることが自然なことであると認められているのだ。そして、この理想像を実現するには異性愛者であるだけでは十分でなく、さらには母親になっても十分でない。『ほんとうの女』とは、かつてカストラートをつくったのと同じように、文明がつくる人工的な産物である。媚態、従順さといった、いわゆる女の『本能』は、男に男根《ファルス》的自尊心が教え込まれるのと同じように、女に教え込まれるのである。男は男という使命をつねに受け入れるわけではない。女も自分に割り当てられている使命をそれほどすなおに受け入れるわけではなく、それには正当な理由がある。

シモーヌ・ド・ボーヴォワール『第二の性』、１９４９年
（『第二の性』を原文で読み直す会訳、新潮文庫、２００１年）

ピーター・ジャクソン監督による映画『キング・コング』(2005年)は20世紀前半を舞台にしている。現代的な工業中心のアメリカ社会が成立しつつあった時代だ。人々はバーレスク・ショーや固い結束をもつ劇団のような古いタイプの娯楽から離れ、映画とポルノという新しいかたちの娯楽とその規制を受け入れていった。

誇大妄想ぎみで嘘つきの映画監督が金髪の女を船に乗せる。船の上では女は彼女ひとりだけだ。一行が目指すのは「髑髏島《どくろ》」。生きて帰った者がおらず、地図にも載ってない島だ。島では黒髪が乱れ絡まった少女や歯の抜けた不気味な老婆などの先住民たちが、大雨の中、叫び声をあげている。

島の住民たちは金髪の女を誘拐し、キングコングへの捧げ物として台に縛りつける。老女が女に首飾りをかけ、巨大な猿に捧げる。これまでこの首飾りをかけられた人間はみな、つまみのチーズのように嚙みちぎられた。この映画のキングコングには、ペニスも睾丸も乳房もない。キングコングの性別が特定できる場面はひとつもない。彼はオスでもメスでもない。ただの毛むくじゃらの黒い生き物だ。この生き物は草食の思索家で、ユーモアのセンスがあり、力を見せつけたがる。コングと金髪の女が性的に誘惑し合う場面はまったくない。美女と野獣は仲良くなり、守り合い、慈《いつく》しみ合う。だが、性的なやり方ではない。

島にはオスともメスともつかない生物がたくさんいる。ねばねばした触手をもつ巨大イモムシは、ピンク色のぬめぬめした女性器を思わせる。亀頭のような頭部をした幼虫は口を開けると歯の生えた膣《ヴァギナ・デンタタ》のようになり、島に上陸した男たちの頭を嚙み切る。他に、性別がもっとはっきりした造形の生物もいるが、それらも多形的なセクシュアリティの領域に属している。たとえば、毛で覆われたクモ、のろまな精子の大群のような灰色のブロントザウルスなど。

男女の性別を今のように区別しなくてはならなくなったのは、19世紀末だ。映画に登場するキングコングは、そうしたかたちで男女の性別が分けられる以前の性のあり方を表している。キングコングはメスともオスともつかない、人間と動物、大人と子ども、善と悪、原始と文明、白と黒のあわいの存在を体現している。男女の性別二分法が義務づけられる前のハイブリッド。映画の島は多様な、きわめて強力なセクシュアリティの可能性を示している。まさにそれが、この映画作品がとらえ、提示し、歪曲し、最後に滅ぼそうとしたものだ。

男が探しに来たとき、金髪の女はついて行くのをためらった。彼は彼女を救って、超規範化された異性愛の世界である街へ連れていこうとした。女は、キングコングのそばにいれば安全だとわかっていた。だが同時に、安心できる大きな手に別れを告げ、人間たちのなかでひとりでなんとかやっていかなければならないこともわかっていた。彼女は男についていくことにした。男はもともと安全だった場所から彼女を「救い出し」、街に連れ戻す。だが、そこで彼女はふたたび、全方位からの脅威にさらされる。自分が利用されたことに気づいたとき、彼女の目がスローモーションで大写しになる。彼女は、あの獣――ひょっとするとメスの獣――を捕獲するためにいいように使われていた。自分の仲間であり守護者、心が通い合っていた相手を裏切っていたのである。異性愛と街での生活という選択は、彼女のなかの荒々しく力強いもの、胸を叩きながら笑い声をあげるものを犠牲にする選択だった。島での生活を支配していたもの。なにかが犠牲にされねばならなかった。

続いて、キングコングは鎖で繋がれ、ニューヨークで見世物にされる。そして頑丈な鎖に拘束されたまま、観客を怖がらせる。大衆はまるでポルノ映画でも見ているかのように従順だ。獣に間近に触れてぞくぞくした気分を味わいたいが、痛い目には遭いたくないのだ。だが、キングコングは舞台と見世物師の手から逃れ、大惨事が起こる。今日《こんにち》の問題は、暴力と性の表現が骨抜きにされてしまうことではなく、むしろ映画の中でそれらの概念が制御不能になることだ。なぜなら暴力と性はイメージによって飼いならすことができないものだから。

街に着いたキングコングは、行く先々ですべてを踏みつぶす。映画冒頭で建設されていた都市が、あっという間に破壊される。誰も手懐《てなず》けようとも、尊重しようとも、元いた場所にそっとしておこうともしなかったキングコングの力はあまりにも強大で、ただ静かに歩くだけで街をめちゃくちゃにしてしまう。コングは金髪の女を探す。そして、エロティックというより、子ども時代を思わせる——「手の上に乗せてあげる。スケートをしながら、ワルツを踊ろう。笑って。魔法のメリーゴーラウンドに乗った子どもみたいに」と言っているかのような——あの場面だ。ここには、エロティックな誘惑はない。かわりに、力が支配関係を規定しない、官能的な遊びのような関係がたしかに存在している。キングコングとは、ジェンダー以前のカオス状態なのだ。

それから制服の男たち、すなわち政治と国家が介入し、キングコングを殺そうとする。彼らはビルに登り、まるで蚊のような飛行機で戦いを挑む。男たちがキングコングを倒せたのはただ数が多かったからだ。ひとり残った金髪の女は、ヒーローと結ばれる。

映画監督は目を大きく見開いて、戦利品のようなキングコングの死体の前で写真に収まる。彼は言う、「違う、飛行機じゃない。美女が野獣を殺したんだ」。いかにも映画監督らしいセリフ、つまり嘘だ。美女は野獣を殺そうとしていない。彼女は見世物に参加することを拒み、キングコングが逃げたと知った時はすぐに迎えに行った。公園の池に張った氷の上を滑る時はキングコングの手の中で楽しそうにしていたし、キングコングが殺害されるビルのてっぺんまで追いかけていった。それから彼女は男についていった。彼女は男たちがキングコングを連れていくことも、殺すことも止められなかった。そして、もっとも自分を欲してくれて、強い意思をもった、いちばん自分にふさわしい男の庇護のもとに身を置くことにした。そうして、自分自身がもつ力から切り離されたのだ。これが現代社会の姿である。

1993年にパリに住み始めた時、私の女らしさを示すものといったら、仕事で使ういくつかのアクセサリーしかなかった。客をとるのをやめたとたん、またアノラックとジーンズに戻り、かかとのない靴を履いて、ほとんど化粧をしなくなった。パンクロックとは、既成秩序のなかでも特に、ジェンダーに関する秩序を破壊する行為だ。従来の美の規範とは異なる見た目であるという一点だけをとってもそうだ。15歳で精神科の閉鎖病棟に入院させられたとき、なぜそこまで自分を醜く見せるのかと精神科医に聞かれた。そんなことを聞いてくるなんて嫌な奴だと思った。赤いスカートに黒い口紅、白いレースのタイツに巨大な編み上げブーツという自分のスタイルをすごくおしゃれだと思っていたのだから。医者はしつこく言った。「自分は醜いんじゃないかと心配しているのかな？　とてもきれいな目をしているのに」。なんのことを話しているのかさえ、私にはわからなかった。よれよれのスーツに身を包み、髪もほとんど残っていないくせに、この医者は自分のことをセクシーだとでも思っているのだろうか。パンクスであるとは必然的に、女らしさをつくり直すことであるというのもそれは、外をぶらついて金をせびり、ビールを吐き、接着剤の匂いをかいで意識を失い、ものを盗まれ、飛び跳ねて踊り、アルコールに強くなり、ギターを始め、スキンヘッドにし、毎晩よれよれになって家に帰り、ライブでジャンプしまくり、車に乗ったら窓を開けっ放しにして超マッチョな歌を大声で歌い、サッカーに強い関心をもち、けんかの機会をうかがいながら覆面をしてデモに参加したりすることだからだ。しかも、みんなやりたいようにやらせてくれる。たくさんの男たちが私を変えようとするでもなく、最高だと言って、いい友達になってくれた。人からやれと言われたことをやらないのがパンク精神だ。警察でも精神科と同じだった。留置所に入れられたとき、同情的な捜査官が言った。「君は自分が思っているよりきれいだよ。どうして、そんな暮らしをするんだ」。その後もしょっちゅう、こんなふうに言われた。私は誰にもなにも文句を言っていないのに。私はきれいでいるのに向いていないし、その点を補う戦略は期待以上にうまくいっている。ならば、きれいであることは私にとってなんの役に立つのだろう。私は男たちと仲良くしていたし、男たちもたいてい、同じように感じよくしてくれた。リヨンにいたころは髪をとても短くしていたから、パン屋やタバコ屋で「ムッシュー」と呼びかけられることがあったが、別になんとも思わなかった。「男みたいにタバコを吸うのはやめなよ」というような反応はほとんどなかった。主流文化から離れたアンダーグラウンドな環境はすばらしい場所で、たいてい完全に放っておいてもらえた。私にとってそれがとてもよかったことは、一目瞭然だったはずだ。パンクロックは我が家だった。長くは続かなかったけれど。

1993年に小説『ベーゼ・モア』を出版した。最初に出た書評は『ポラー

ル』誌のものだ。男の書評。3ページ。被告人召喚状。評者の基準で判断して
ダメだったから、私の本が彼の気に障《さわ》ったのではない。実際、彼は本について
話していない。彼の気に障ったのは、女の私があういう方法で女を描いたから
だった。そして、なにもおかしいと思わずに——というのも彼は男だから、自
分で勝手に決めた礼儀作法に従って、していいことと悪いことを私に教える権
利が当然あると考えていた——知り合いでもなんでもないこの男は私に公然と
いったのだ。こんなことをすべきではなかった、と。本の内容はどうでもよく、
私の性別が問題だった。私が誰でどこから来たのかも、私の個性も、私の読者
もパンク・カルチャーも、どうでもよかったのだ。おじいちゃんがハサミを片
手に私の文章、私の空想上のペニスを修正する。私のような女のめんどうは彼
がみるというわけだ。彼はジャン・ルノワール[1]を引用する。「映画はきれいな
ものを見せるきれいな女たちによってつくられなければならない」。少なくと
も私はここから一冊の本のタイトルを思いついたが[2]、その時はあまりにも悪趣

1　フランスの映画監督。1894〜1979。

2　デパントは2000年に『きれいなもの』（未邦訳）という小説を出版している。

味に思えて、笑ってしまった。だがその後はもう笑えなかった。人々が私を攻撃するとき、ただ一点にしか関心をもっていないのに気がついたからだ。こいつは女だ、女、女。私の性器が、私の言葉の妨げになっていた。私はまだ大人の世界に向き合った経験がそれほどなかったし、ふつうの大人の世界はなおさらだった。女が街ですべきことと、すべきでないことを忠告してくる人があまりにも多く、私はしばらくあっけにとられていた。

女が有名になると、あらゆる方向からふつうとは違った攻撃を受ける。だが、悪く思われるから、不平をもらしてはいけない。ユーモアと距離、度胸をもって受け止めなければならない。すべての議論が、私が言ったことが言っていいことだったのかどうかに費やされていた。女。私の性別。私の見た目。こうしたことが、どちらかというと好意的にではあるが、すべての記事で言及されていた。ところが、男性作家について述べるとき、女性作家にするのと同じようにはしない。ミシェル・ウエルベックが美男だと書くべきだとは誰も思わない。

もし、彼が女で、彼の本を好きな男がたくさんいたら、美しいと書かれただろう。あるいは美しくないと。それでも人々は、こうした男たちの気持ちを理解しただろう。そして10本中9本の記事で、性的魅力に欠ける理由をウエルベック本人に詳しく説明させ、責任を果たさせようとしただろう。正しくないことをしたのだから文句など言ってはいけないのだと、わからせただろう。私たちは彼のことなどどうでもいいのだが、ついでに言うのだ。お前は自分の顔を見たことがあるのか、と。ウエルベックが女とのセックスや恋愛について言うようなことを、もしも、女になった彼が男とのセックスや恋愛について言ったら、人々は彼をひどく攻撃するだろう。同じ才能を示しても、扱いは同じではないはずだ。男が女を愛さないのは、ひとつの態度だが、女が男を愛さないのは病気なのだ。あまり魅力的でない女が、男たちはセックスで自分をいかせることに無関心だと批判したらどうなるか。彼女の容姿、家庭生活、コンプレックスや問題が、うんざりするような細部まで、こと細かに取り沙汰される。ある程度の年齢に達した女がみんな、あるいはほとんどみんな、波風を立てないように気をつけているのは偶然ではない。個性や性格の問題だとか、私たち女は挑発を好まないからだとか、家と子どもの世話こそ私たちの領分だとか、そういうことではない。ちょっとなにか言っただけで、私たちがどんな目にあわされるか見てほしい。どんなに過激で無分別なラッパーでも、女みたいにひどい扱いは受けていない。黒人に対する白人の扱いはよくわかっているが、男に一方的に評価される女より嫌なものはない。いちばん汚い手も含めて、どんな攻撃も許されている。私たちは外国人ではないのに、なにを話すべきかわかっていないという理由で、いつも発言に字幕をつけられているようなものなのだ。支配者の男たちは何世紀も前から女らしさやその意味についての本を書いてきた。彼らと比べたら、私たち女はよくわかっていないというのだ。

当時、私はあることに気づいて愕然とした。どんなにバカな男でもペニスがあるだけで、戦士、君主、支配者、男らしさ、さらには全男性の名のもとに自分たちには意見を述べる権利があり、したがって、女らしさについて私に説教を垂れる権利があると信じているのである。男の場合は身長１５０センチで背丈より横幅のほうが大きいくらいでも、男らしさなんて見せたことがなくても問題にならない。彼は男らしい。でも私の性別に関しては違う。女という地位に押し戻され、いつも当惑させられる。私は女性作家とばかり比べられる。マリー・ダリュセック、アメリー・ノートン、ロレット・ノベクールなど、同じような年齢なら誰でもいいようだ。なにより、同じ女なら。これは女に対する面白半分の二重の見下しだ。余計な侮辱と身のほどを知れという警告。私の交友関係、外出先、金遣い、住む場所があらゆる種類の監視を受ける。女だから。

それから映画のことがあった。上映禁止。本物の検閲とは、法律の条文によらない検閲だ。それはむしろ、アドバイスによっておこなわれる。人々はあたがアドバイスを確実に聞くように仕向ける。そういうわけで、３人のポルノ女優とひとりの元娼婦がレイプ[3]についての映画を上映することは禁じられた。

3　デパントは元娼婦。ここからデパントが語る映画『ベーゼ・モア』の共同監督コラリー・トリン・ティと主演のカレン・バックおよびラファエラ・アンダーソンの３人はポルノ女優だった。

たとえ低予算でも、マイナー映画でも、パロディーでも。これは重要なことだ。少なくとも、私たちが国家の安全を脅かすと信じる人々にとっては。集団レイプを描いた映画は、被害者が男の肩にもたれて鼻水と涙を流し、男たちが復讐を果たすのでなければ受け入れられない。そうでないものはダメ。少なくともメディアは、満場一致でこの考えを支持している。メディアの、例のノーと言う権利だ。映画をつくった私と他の3人は、いつも金目当てのように言われた。当然だ。作品のメッセージを知るため、まず作品を見るべきだとは思わないのだから。女がセックスの話題に触れるのは正直者の男から金を巻き上げるため。あばずれども。でなければ、草原を飛び跳ねる子犬たちの映画や、熱心に男を誘う女の映画を撮っているはずだ。そもそも映画なんてまったくつくらずに、身のほどに合った場所にとどまっていればよかったのだ。そうでないということは、あばずれだ。カレン[4]の体が新聞の一面を飾った。あばずれだから当然だ。彼女が自分から見せたのだから、誰だって彼女の下腹部の写真を載せた新聞を

4　1973年生まれのフランスのポルノ女優カレン・バック。『ベーゼ・モア』主演。

売る権利がある。あばずれ。それから、あの狡猾な左派の女性の文化大臣が、アーティストは自分が見せるものに責任を感じるべきだと宣言した。[5] 責任を感じるべきなのは、ひとりの女を3人でレイプした男たちでも、娼婦に会いに行くくせに彼女たちが安全に仕事をするための法律は採択させない男たちでも、激しい暴力を受ける被害者役の女を映画の間ずっと見ている社会の側でもないのだ。責任を感じるべきは私たちなのだ。私たちに起こったこと、生き延びたこと、なんとかしようとしたことについて。口を開いたことについて。起きたことには責任をもつべきだというよくある決まり文句だ。『エル』誌上でどこかのバカ女が、私の本とはなんの関係もないレイプの本のコラムを書き、その言葉の品位を強調していた。彼女はその本を私の「哀れな声」と対比すべきだと感じたようだ。私はおとなしくしていない被害者だ。女性誌では、読者へのアドバイスとして、この点を指摘しなければならないのだろう。そうですね、レイプは悲しい出来事です。でもみなさん、わめいたりせず穏やかに。それは

5　『ベーゼ・モア』上映禁止騒動の際の文化大臣カトリーヌ・タスカを指す。

ふさわしい態度ではありません。クソ食らえ。写真週刊誌の『パリ・マッチ』も同じ論法だ。また別のバカ女が、イヴ・モンタンの娘に黙っていろと釘を刺そうとして、マリリン・モンローの品格を強調していた。[6] マリリン・モンローは正しい被害者でいる方法を知っているというのだ。その意味するところは、穏やかでセクシー、沈黙を守るということである。乱交パーティで四つん這いになって輪姦されたときも、彼女はその大きな口を閉ざす方法を知っていた。女同士のアドバイス。傷口は隠したほうがいいですよ。拷問した人が気を悪くするかもしれないから。正しい被害者とは、沈黙を守れる被害者だ。いつも言葉は取り上げられる。危険だとでものたまうのだろう。だが、こうしたことで心の平安が乱されるのは、いったい誰なのか。

このような状況から私たちが得る利益とはなんなのだろう。こんなに一生懸命に協力するだけの価値があるのだろうか。どうして、母親たちは男の子には騒ぐよう教え、女の子には黙るよう教えるのだろう。どうしていつまでも目立つ

6　1989年から9年間にわたり女優アンヌ・ドロッサールの娘オロールが、イヴ・モンタンの娘であるかどうかが裁判で争われていた。

男の子は褒められるのに、他の子と違う女の子はしかられるのだろう。どうして女の子にはおとなしさや愛嬌、陰湿さを教えるのに、男の子には世界は彼らのためにあると、彼らは権利を要求し、決定と選択をおこなうために存在していると教えるのだろう。私たちがおとなしく攻撃に耐えるように物事を進めるこうしたやり方には、女にとってどんな得があるのだろう。

女のなかでいちばん高い地位を占められるのはもっとも権力のある男たちと同盟を結んだ女たちだ。浮気されても黙っていて、バカにされても別れず、男の自尊心をくすぐるのがいちばんうまい女たち。男の支配と折り合いをつけるのが一番うまい女たちがいい地位を与えられるのは当然のことだ。女を影響力のある役職につけるかどうかを判断するのは男たちなのだから。いちばん愛嬌があって、感じがよく、男に愛想をふりまける女たち。聞こえてくる女たちの意見は、男とうまくやれる女たちの意見だ。どちらかといえば、フェミニズムは取るに足らない問題で、ぜいたく品だと思っている女たち。わざわざその先頭に立たない女たち。特にきれいな女たち。というのも、女にとっての最大の長所は目に快《こころよ》いということだから。権力をもった女は男の仲間だ。ぶつくさ言わずに従い、支配されて微笑むことのできる女たち。そのことに痛みを感じないふりさえできる女たち。他の怒り狂った反抗的な醜い女たちは、抑圧され、退けられ、無力化され、エリートの仲間には入れてもらえない。

私はジョゼ・ダヤン[7]が好きだ。テレビで見かけるたびに嬉しくて喉を鳴らしている。それ以外のときに私たちが見かける女性作家やジャーナリスト、スポーツ選手、歌手、会社社長、プロデューサー、つまりきちんとした女たちはみんな、デコルテを少し見せたり、イヤリングをつけたり、きちんとした髪型をしたりして、女らしさや従順さの証拠を見せなくてはいけないと思っている。よく知られている、人質が監禁者に共感してしまう症候群だ。まさにそんなふうにして、私たちは厳しい監禁者の目を通して相互に監視し合い、裁き合う

7　1943年生まれのフランスの女性映画監督。

ようになる。

20歳で飲酒をやめたころ、精神分析医にかかったり、祈禱師や魔術師に会いに行ったりした。この男たちにはこれといった共通点はなかったが、みな一様に「あなたは自分の女性性と和解したほうがいいですよ」と繰り返し主張した。私は毎回とっさに「うーん、私には子どもはいないですけど、でも……」と答え、毎回さえぎられた。「母性の話をしているのではなくて、女性性の話をしているんです」「でも、それってどういう意味ですか?」はっきりした答えはなかった。私の女性性。実は私はけっこう聞く耳をもつほうだ。特に、何度も確信をもって、あきらかに善意からアドバイスされた場合には。だから理解しようとした。ほんとうに。なにが私に欠けているのかを。私はなんでも率直に言うし、「ああなろう、こうなろう」としたこともなく、あまり遠慮せず、自分らしくしていたと思う。女性性とはなんなのだろう。セラピストたちに会う環境はいつもすばらしく、どちらかというと私は穏やかで落ち着いていられた。

私だって四六時中、粗暴というわけではない。どちらかと言えば内気で引っ込み思案で、飲酒をやめてからは全体として騒々しいとはいえなかったはずだ。もちろん何度かは我慢できずに、自制心を失ったこともある。それがあまり女らしくない（そして、偶然にして効果的であることが多い）やり方だったことは認める。しかし彼らは、騒々しさや攻撃性ではなく、「女性性」について話していた。詳しい説明はなかったが。私は頭をしぼった。もっと目立たないようにして、安心感を与え、親しみやすくすることだろうか。もしそうなら、やろうとしても難しいだろう。結局、『ベーゼ・モア』をつくった女だというのは、ギャグみたいな状況だ。私は自分のことをブルース・リーみたいだと思うときがある。彼のところにはしょっちゅう男たちがやってきて、肩を叩いて闘いを挑んでくると、インタビューで読んだ。男たちは、自分はブルース・リーを倒せるほど強いのだと周りに見せつけたいのだ。私の場合は、その辺の間抜けな短小野郎どもが、身のほどをわきまえさせてやったと仲間に見せるために挑戦してくる。

そういう男たちが抱きたがる女はみんな、むしろ私と寝たがっているのだが、それを理解したときに彼らがどうなるか。詳しくは書かないが、彼らはものすごく攻撃的になる。でも、錆びついた古いルノー車と同じくらいしかセックスアピールがないからといって、私にどうしろというのだ。私がいなければもっと大きな分け前がもらえるとでも思っているのだろう。議論をしても無駄だ。どちらにしても、この点から見れば、私でも他の女でも同じことだ。女は満足のいく分け前はもらえない。あなたがなにをしても、地元のアホ野郎から見ればでしゃばりすぎであり、その男はあなたに身のほどをわきまえさせようとする。

男らしい性質の欠如した男ほど、女のすることに目を光らせている。反対に自信のある男は、女のさまざまな態度や男らしいところをうまく認めることができる。金持ちの家ほど厳しく態度を注意されるのはこのためだ。そんな家では男たちが少しも男らしくないために、女たちが従順なふりをしなければならない。

テレビでは「ハッピー・スラッピング」[8]の映像を繰り返し流して大騒ぎしている。ある少年が自分よりも頭二つ分も小さく、体重もゆうに15キロは軽い女の子を小突き回し、その様子を友達に撮影させた映像だ。あとで他の男の子に見せびらかそうとしたのだろう。テレビ局は次のように言いたいがために、このビデオをわざわざ放送したかのようだ。「このイスラム教徒たち、一夫多妻制の息子たちは女を少しも尊重しない。もう我慢の限界だ」と。だが、白人男性の著作の3分の1でおこなわれているのは、まさにこういうことだ。彼らも少年たちと同じように、友達からの賞賛を得たいがために、どうやって強い立場を利用していちばん立場の弱い女を虐待したか、どうやって彼女たちを騙し、セックスして、侮辱したかを語る。安っぽい勝利。もし、ビデオの少年が自分よりも頭四つ分も大きい男の顔を殴りつけていたのなら、あるいは、集団の中でいちばん凶暴な相手や、ものすごくつっけんどんな女を攻撃するのだったら

8　人を攻撃する場面を携帯電話のカメラで撮影し、インターネットやSNSに投稿する行為。

もっとずっと愉快だっただろう。でも、それは男たちがやりたいことではない。弱いものに対する安っぽい勝利。最近の白人映画監督の作品の3分の1で、女がどう扱われているか考えてみてほしい。卑怯者の勝利。男を安心させないといけないから。とにかくそれが大事なのだ。

それでも私は、何年にもわたる適切かつ公正で真摯な調査にもとづいて推測する。女らしさとはすなわち、ご機嫌取りだ。服従の技法。それを誘惑と呼んで、性的魅力のように見せかけることもある。ほとんどの場合、そんなに難しいことではない。下手に出る習慣を身につければいいだけだ。部屋に入ったら、男がいるかどうか確かめ、彼らの気に入るようにする。大声で話さない。きっぱりした口調で意見をしない。脚を広げずに、きちんと座る。威圧的な話し方をしない。金の話はしない。権威ある地位に就こうとしない。名声を求めない。大声で笑わない。あまりおもしろいことを言わない。男を喜ばせるには、権力の領域に属するものをすべて消し去るという難しい技術が必要だ。一方、男には——ともかく、私の世代以上の男たちには——身体がない。年齢も体型もないことになっている。アルコールで真っ赤になった、ハゲでデブのどうしようもない見た目の間抜け野郎でも、女の見た目についてずうずうしく論評し、色っぽいと思わなければ不愉快なコメントを口にする。あるいは、ものにできないのが不満なときには、吐き気がするようなことを言う。男の特権。男たちは、きわめて病的な媚態を、自然な衝動による感じのよいものだとうそぶいて、私たちを騙そうとする。だが、たいていの男は、どこにでもいるただのダサい男であって、チャールズ・ブコウスキーのような男なんてそうはいない。ヴァギナがあるからといって、私が自分をグレタ・ガルボみたいにセクシーだと思い込むようなものだ。コンプレックスをもつこと、これが女らしさだ。控えめで、人の話をよく聞いて。頭がよすぎてはいけない。安っぽいナルシストの話をわかってやれるくらいでちょうどいい。おしゃべりも女らしい。あとになにも残さないものはすべて女らしい。家庭の、毎日繰り返される、名前のないもの。

偉大なスピーチや偉大な書物、偉大なものはちがう。ささいなもの。可愛くて、女らしいもの。一方、飲酒は男らしい。仲間とつるむのは男らしい。ふざけるのは男らしい。大金を稼ぐのは男らしい。でかい車を所有するのは男らしい。自分勝手な自己イメージをもつのは男らしい。マリファナを吸いながらへらへら笑うのは男らしい。競争心をもつのは男らしい。攻撃的になるのは男らしい。たくさんの相手とセックスしたいと思うのは男らしい。自分を脅かすものに暴力で応じるのは男らしい。朝、身支度に時間をかけないのは男らしい。実用性で服を選ぶのは男らしい。やって楽しいことはすべて男らしく、サバイバルに役立つことはすべて男らしく、優位に立つことは男らしい。この40年そんなに変わっていない。唯一のめざましい進歩は、女が男を養ってもよくなったことだ。食べていくための仕事は、芸術家にして思索家、複雑かつ大変繊細な性格の持ち主である男には制約が多すぎる。最低賃金の仕事をするのは女のほう。おまけにもちろん、女に養われるせいで男が不機嫌で暴力的になることも理解してやらないといけない。狩りに長けた人種である男でありながら、家に獲物を持ち帰れない状況が男を落ち込ませないと思ったら大間違いだ。男はすばらしい存在なのだから、私たちは自分の時間を費やして、彼らを理解しなくてはいけない。深い絶望にも性別がある。私たち女が言っていることなんて、めそめそした愚痴にすぎない。

女であること自体がひどくつらい隷属状態だと訴えたいわけじゃない。うまくやってのける女たちもいる。強制されるのが屈辱なのだ。身近な美女のなかでは、誘惑のうまい女たちがもちろん最上だ。フィギュアスケートの選手も悪くないが、みんながそうはなれない。乗馬の女子選手も魅力的だが、ふつうの人は目立ちたくても、すぐに鞍《くら》つきの馬を連れてきてはもらえない。

ケーブルテレビの情報チャンネルでルポルタージュをやっていた。郊外の少女たちについてのドキュメンタリーだ。正確には、彼女たちが女らしさを失っているという問題意識についての。３人のかわいい女の子が男のように悪態をつき、そのうちひとりが階段で誰かをつかまえて、殴りかかろうとする様子が映されていた。荒廃した地域で無為に過ぎる青春。親たち以上のチャンスは得られないだろうと、つまりなんのチャンスもないだろうと知っている子どもたち。最貧国になったフランスの――私の世代が、いつも少し困惑させられる――映像。並外れた贅沢と隣り合わせの極度の貧困。コメンテーターたちが懸念していたのは（彼らは大まじめだったが）、この少女たちがスカートをいっさい履かないことだった。それと、彼女たちの口が悪いこと。彼らは心の底から驚いたのだ。女の子は現実には存在しないバラの花かなにかの中に生まれてきて、やさしく穏やかな人間になるのだと思い込んでいるのだ。少なくとも生きていくためには頭突きの仕方を知っておいたほうがいいような厳しい環境でも、女は花に水をやり、やさしく鼻歌を歌ったりして、きれいなものに関心をもたなくてはならないようなのだ。ドキュメンタリーの中で彼らが興味をもったのはこの点だけだった。この少女たちは高級住宅地に住む女や、店で見かける少女たち、エリート養成校の女子学生たちとは似ていない。コメンテーターは、自分の周りにいる女たちのようであることが女にとって自然だと思っている。その女らしさは、人種も階級も関係なく、政治的に構築されたものではないと信じているのだ。女は放っておけば、すばらしく詩的なやり方で、自然になるべきものになると彼らは信じている。彼らと一緒に働いたり、ディナーを食べたりする女性たちのように、つまりきちんとしたブルジョワ女のようになると思っているのだ。

人と違っていて、乱暴で攻撃的で強い自分のもとの性格を私は隠すようになった。それは、私が自分の階級を否定することでもあった。

これは、意識的な選択というより、社会で生き延びるための計算だった。体をあまり動かさず、ゆっくりとした動作で、おだやかに話し、人を怖がらせないようにした。金髪に染め、歯並びを矯正し、私より年上で金があり、有名な男とつき合った。子どもを欲しがり、他の人がするようにした。映画の騒動のあと、そうした人々に私は少し溶け込むことができた。様子見の時間だった。酒をやめた。体型維持のためでもあり、アルコールによって抑制を失うことや男らしいふるまい――誰とでも寝る、隣の人の肩をつかむ、騒ぐ、大声で笑う――を避けるためでもあった。私は、新しい環境で思い描かれている通りのタイプに自分を合わせていった。ピンクを着て、きらきらするブレスレットをつけた。なるべく目立たないよう、ほんとうにできるだけのことをした。それは偶然の選択ではなかった。私は自分で承知の上で、弱くなろうとしていた。

さいわい、コートニー・ラブがいた。とりわけ彼女、そしてパンクロック全般。争いを好む気質。ブロンドヘアーの陰で、私は精神の健康を回復した。私のなかのモンスターはあきらめない。私は恋人に捨てられ、子どもはいない。35歳になったときは、そうしたことが死ぬほどつらかった。自分は他の女と変わらないと世の中に証明する証拠が、そのときもまだ欲しかったからなのかどうかはよくわからない。「じゃあ、男はみんな大嫌いなんですね」とあまりに何度も言われるので、その逆を証明したかった。なんてバカな考えだろう。愛嬌のある女だと証明しようとするなんて。しかも子どもまでいるのだと。メディアが決めた通りにしていると。だが、人は自分にふさわしい人生を送るもので、結局、そういうものはすべて、私にはあまり合っていなかった。私は優しくないし、愛想もよくないし、ブルジョワでもない。ホルモンが高まって、急に攻撃的になることがある。もし、パンクロックの世界に身を置いていなかったら、今の自分を恥じていただろう。こんなにも適応できないなんて。だが、私はパンクスだ。うまく適応できないことを誇りに思っている。

第7章

女の子たち、さようなら。よい旅を

家庭の天使を殺すことは、女性作家の仕事の一部である。

ヴァージニア・ウルフ『女性にとっての職業』

（出淵敬子、川本静子監訳、みすず書房、１９９４年）

インターネットで偶然、アントナン・アルトー[1]の手紙をみつけた。ある女性に宛てた別れの手紙あるいは、いずれにしても距離を置くための手紙だった。アルトーはこの女性を愛することができないという。細かい点は複雑なのだが、手紙はこんなふうに終わっていた。「僕には僕だけのものになってくれて、いつでも家にいてくれる女性が必要だ。僕は孤独で絶望している。生活の安らぎがまったくない部屋に夜ひとりで帰るのはもう耐えられない。僕には家庭が必要なんだ。それもすぐに。それから、僕の身のまわりの世話を、どんな小さなことでもいつもしてくれる女性も。君のような芸術家には自分の生活があるから、そんなことはできない。僕がいっていることは、ひどいわがままだ。でも、そういうものなんだ。僕にはその女性がそんなに美人でなくたってかまわない。

1　フランスの詩人・俳優。シュールレアリスム運動に参加した。１８９６～１９４８年。

頭が良すぎるのも嫌だし、考えすぎるのは特に嫌だ。僕を大事にしてくれたらそれでいいんだ」

学校から帰ると『ゴルドラック』[2]や『キャンディー・キャンディー』をテレビで見ていた子どものころから、男女の役割をひっくりかえしたら、どんな感じがするかを考えてみるのが好きだった。

「私には私だけのものになってくれて、いつでも家にいてくれる男が必要だ」これだけでも印象が違う。男の役割は家にいることでも、誰かのものになることでもない。にもかかわらず、私だけのものになってくれる男がほしいとこぼしたら、頭を冷やして、逆に彼に身も心も捧げるようみんなに助言されるだろう。同じようにはいかないのだ。自分の生活を犠牲にしてでも、私の生活を快適にするよう政治的に定められている人は私のまわりには誰もいない。利害関係が相互的ではないのである。同様に、私は本心から自分本位に「私には家庭が必要だ。それもすぐに。それから、私の身のまわりの世話を、どんな小さな

2 1978年からフランスで放送されていた日本のロボットアニメ。原題は『UFOロボ グレンダイザー』。

ことでもいつもしてくれる男性も」なんて絶対に書けない。万が一そんな男に出会うとしたら、賃金を払ってやってもらうときだけだろう。「私にはその男性がそんなにかっこよくなくたってかまわない。頭が良すぎるのも嫌だし、考えすぎるのは特に嫌だ。私を大事にしてくれたらそれでいい」

私はけっして、人類の半分を従わせることで自分の権力を示そうとは思わない。彼らが生まれてきたのは、私の注文を聞き、私の家事をして、私の子どもを育て、私を喜ばせ、気晴らしもさせ、私は頭がいいのだと安心させ、戦いの後の休息を提供し、私好みの食事をつくるためではないからだ。さいわいなことに。

女が書く文学作品には、男に対する敵意や厚かましさを示す例がほとんど見当たらない。検閲。私が属しているのは、この女という性だ。女は女であることについて、気を悪くする資格さえない。コレットもデュラスもボーヴォワールもユルスナールもサガンも、女性作家はみんな、どんなに男たちを愛し、尊敬していて大切に思っているか繰り返し述べ、男の敵ではない証拠を見せ、男を安心させ、申し訳なさそうにしながら物を書く。そして特に、なにを書くにしても大きな騒動を起こすのは避けようとする。でないとどうなるか女はみんな知っている。人々があなたの問題にこと細かく口出しするようになるのだ。

1948年、アントナン・アルトーは死んだ。ジュネ、バタイユ、ブルトン——男性作家たちは、書いていいことと悪いことの境界を破壊した。一方、ヴィオレット・ルデュック[3]がのちに『テレーズとイサベル』となる作品を書き始めたのもこの年だ。見事な作品だったが、これを読んだボーヴォワールはすぐさま次のような手紙を書いた。「出版は不可能です。ジュネの作品と同じくらい露骨なレズビアンの性を扱った物語ですから」

ヴィオレット・ルデュックは表現を和らげたが、レーモン・クノー[4]は「公然と出版するのは不可能」と断じ、ただちに出版を拒否した。ガリマール社がこ

3　フランスの女性作家。1907〜1972年。

4　フランスの作家。著書に『地下鉄のザジ』『文体練習』など。ガリマール出版で活躍した、当時を代表する出版人でもあった。1903〜1976年。

の本を出したのは、1966年になってからだ。

私が属しているのは、この女という性だ。黙っているべきであり、黙らされる性。そして、それを礼儀正しく受け入れ、さらに敵ではないことを証明しなければならない性。でなければ、存在を抹消されてしまう。私たち女が、私たち自身について言っていいことを知っているのは、私たちではなく男たちだ。女は生き残りたければ、道理をわきまえなくてはならない。「世の中はずいぶん変わったのだし、もうその話はよそう」と言わないでほしい。とにかく、私には。女性作家として私は男性作家の二倍のことに耐えている。

シモーヌ・ド・ボーヴォワールは『ボーヴォワールへの手紙』を、サルトルが初めて彼女に書いた手紙から始めている。「僕の下着（タンスの内側の引出しに入っている）を午前中に洗濯屋に持って行ってくれないだろうか？　鍵はドアに挿したままにしておく。愛しい君、愛してる。昨日君が、『ああ、あなたは私を見ていた、私を見ていた』と言った時、君はとてもかわいい顔をしていた。そのことを思うと、僕の心は愛情で張り裂けそうだ。ではまた、かわいい君」。逆を考えてみてほしい。下着も、かわいい顔も、すべて逆だったらと考えてみてほしい。女という性がどういうものかよくわかるだろう。他人の汚れた下着と、かわいい顔の性なのだ。

政治は、作家である私を人としてではなく女として抑えつけ、不利な立場に立たせる。私はこのことをなんらかの哲学や実際的な理由から喜んで受け入れているわけではない。無理やり押しつけられて、仕方なく我慢しているのだ。私は怒りをもってそうしている。冗談ではなく。たとえ謙虚に、聞きたくないことも全部聞き、黙っているとしても。でも、それは他に選択肢がないからだ。私は強いられたものについて謝罪する気も、それがすばらしいものだというふりをする気もない。

アンジェラ・デイヴィス[5]はあるアメリカの黒人奴隷女性について、次のよう

5　1944年生まれのアメリカの反人種差別・フェミニズム活動家。

に言っている。「彼女は仕事を通して、女性の潜在的能力は男性に匹敵すると学んだ」

弱き性である女性は、いつだって取るに足らない存在だ。アメリカ人ラッパー・50セントのミュージックビデオの中で悩ましげに尻を動かしている黒人女性たち。人々は堕落した女のように利用されているといって彼女たちを憐れみながら、同時に尊大な気持ちを抱く。彼女たちは奴隷の子孫だ。彼女たちは男のように働いて、男のように鞭打たれた。アンジェラ・デイヴィスは続ける。「しかし、女性たちはただ鞭打たれて、体の一部を切断されただけではなく、レイプもされた」。無理やり妊娠させられ、たったひとりで子を育てさせられた。そして、彼女たちは生き延びた。女たちは、男たちが経験した男の歴史だけでなく、女に特有の抑圧も経験した。信じられないような暴力を伴う抑圧も。だから、次のようなちょっとした提案をしたい。私たちに対する尊大さ、集団による力の誇示、その場かぎりの保護、被害者に対する介入といっしょに、男たちはみなどこかへ消えてほしい。彼らにとって、女の解放は耐え難いものなのだ。だが、ほんとうに困難なのは、女であること、そしてあなたたち男性の愚かさに耐えることだ。私たちの抑圧から引き出される特権は、結局は罠である。男性特権を守ろうとするときのあなたたちは、ちょうど大きなホテルの使用人のようなものだ。自分をその場所の所有者だと勘違いしていて傲慢にしているが、結局は使用人にすぎないのである。

資本主義世界が破綻し、男の欲望を満たさなくなると——つまり失業し、仕事の誇りが失われることで、経済的制約によるバカバカしく残酷な経験をし、役所で屈辱を受け、お役所仕事によって侮辱され、買い物するたびに騙されていると確信するようになると——それもまた、私たち女のせいだということになる。私たちの解放は男を不幸にする。悪いのは現行の政治制度ではなく、女性の解放だというのだ。

男になりたいかと問われれば、私は私でいるほうがずっといい。ペニスなんてどうでもいいし、ヒゲも、テストステロンも興味がない。押しの強さと大胆さは今でも十分にある。とはいえもちろん、私もこの男社会で男たちのようにすべてを手に入れ、規範に挑戦したい。真正面から。策を弄さず、言い訳もせずに。私は、自分にもともと許されている以上のものがほしいのだ。私を黙らせようとしないでほしい。私がやってもいいことを私に説明しないでほしい。豊胸手術のために、肉を引き裂かれるのも嫌だ。もうすぐ40代になるのに、若い娘のようなほっそりとした体になりたいとは思わない。女らしさを失わないよう自分の力を隠して、闘いから逃げることはしたくない。

ある女性の人質が解放された時、彼女はラジオで宣言した。「やっとムダ毛を処理して、香水をつけることができました。女らしさを取り戻しました」。ともかく、この部分が選ばれて放送された。彼女がしたかったのは、街に出かけ友達に会ったり、新聞を読んだりすることではなかった。彼女はムダ毛を処理したかったのだろうか？　もちろん、そうするのは彼女の最低限の権利だ。だが、私はそれを当然のことだとは思わない。

モニック・ウィティッグ[6]はいう。「今日《こんにち》、私たちはまたしても罠に囚われている。おなじみの『女でいるってすばらしい』の袋小路に」

これは、男たちの常套句だ。そしてそれを、常に主人の利益を守ろうとする女性協力者たちが広めていく。この言葉は、中年の男たちが、私たちについてやたら言いたがる。彼らは、「女でいるってすばらしい」の微妙なロジックについては黙っている。ここでの女とは、若くて瘦せていて男を喜ばせることのできる女を指す。そういう女でなければ、すばらしいことなんてなにもない。二重の意味で女は疎外されている。

男たちは女について話すのが好きだ。自分たちについて話さなくて済むから。この30年、男らしさに関する少しでも革新的な文章を書いた男がひとりもいなかったというのはどういうことだろう。女の話をするときはあんなにも饒舌で

6　フランスの作家・フェミニスト活動家。1935〜2003年。

雄弁なのに、自分たちに関することだとそんなふうに沈黙してしまうのはどうしてだろう。知ってのとおり、その理由は彼らはいくら話しても、なにも言ってはいないからだ。本質について、本心で考えていることについて。今度は私たち女が、男の話をする番だと思っているのだろうか。たとえば、客観的に見て、彼らがする集団レイプがどういうものかを説明してほしいのだろうか。なら言うが、彼らはまるで互いのセックスやペニスを見て、いっしょに勃起し、男同士でセックスをしたがっているかのようだ。ほんとうに欲しいもの――つまり、お互いとのセックス――を告白し合うのを恐れているかに見える。男は男が好きだ。男たちは四六時中、いかに女好きかを述べ立てているが、女たちはみんな、彼らが嘘をついているのを知っている。男たちは互いに愛し合っている。女を介して男同士でセックスをし、女性器に挿入しているときも考えているのは男友達のことだ。映画の中に互いの姿を認め、大きな役を与え合い、自分たちは優れているのだと空《から》いばりし、強く、ハンサムで勇敢だという幻想を抱き続ける。お互いについて書き、祝い合い、支え合う。彼らは正しい。しかし、「女は十分にセックスしない、セックスをちゃんと好きではなく、まったくなにもわかっていない」という男たちの不満を聞いていると、男同士でセックスすればいいのに、なにをぐずぐずしているのだろうと思ってしまう。やればいいのだ。それでもっと幸せになれるなら、いいじゃないか。ところが、同性愛者になる恐怖や女性を愛さなくてはいけないという義務感が彼らには植えつけられている。そして一目散に逃げ出す。不満は述べるが従順なのだ。そして逃げながら、ひとりかふたりの女を殴っていく。彼女で我慢しなければならないことに腹を立てて。

フェミニスト革命が起こり、言葉が発された。礼儀作法を無視していると敵意を向けられたが、言葉はあふれ続けた。しかし、男らしさに関しては、今のところなにも起こっていない。弱く、小さな男の子たちの恐怖に怯えた沈黙。

もううんざりだ。強き性と呼ばれる男性は、常に保護し、安心させ、世話をし、いたわってやらなくてはいけない性なのだ。女も男のように抜け目がないという真実、男も娼婦も母親も、みな同じだという真実から彼らを守ってやらなくてはならない。収穫や室内装飾、公園で子どもを遊ばせる活動のほうが向いている男もいるし、マンモス狩りに出かけて、騒々しく罠を仕掛けたりする仕事に向いた男もいる。各人に得意分野がある。永遠の女らしさなんて、壮大な冗談だ。男の生活は嘘をつき通すことにかかっているかのようだ。ファム・ファタルにバニーガール、看護婦、ロリータ、娼婦、慈愛に満ちた、あるいは去勢コンプレックスを引き起こす母親。ぜんぶ嘘だ。演出された身ぶりに精巧な衣装。そうすることでどんな安心を得ようとしているのだろう。娼婦はどこにでもいるふつうの人々で、母親は本質的に良いものでも気丈でも、愛情深くもなく、父親についても同様で、その人の性格や状況、タイミングによる。こうしたさまざまな細部からなるモデルが崩れ去るときに、男たちがいったいなにを心配しているのかはよくわからない。

愚か者を安心させるだけの男性優位主義の見えすいた罠を乗り越えよう。性別役割分担のルールなどどうでもいいと認めよう。押しつけられたまやかしの制度だ。男たちが沈黙を守り、なにも新しいことを生み出さないのは、自立を恐れているからなのだろうか。彼ら自身の置かれた立場について、批評性と創造性のある新しい言葉をなにも生み出さないのはそのためだろうか。

男の解放はいつ起こるのだろう。

彼らに言いたい。あなたたちの独立を勝ち取るのはあなたたちの仕事だ。

「それはそうだけど、優しくすると女は乱暴な男のほうに行ってしまう」と優等生は泣き言を並べる。これは間違っている。たしかに力を好み、力を恐れない女もいる。だが力と暴力とは違う。ふたつはまったく別物だ。

レミー、カントナ、ブレイヤ、パム・グリア、ハンク、ブコウスキー、カミール・パーリア、デニーロ、トニー・モンタナ、ジョーイ・スター、アンジェラ・デイヴィス、エタ・ジェイムズ、ティナ・ターナー、モハメド・アリ、クリスチャンヌ・ロッシュフォール、ヘンリー・ロリンズ、アメリ・モレスモ、マドンナ、コートニー、リディア・ランチ、ルイーズ・ミシェル、マルグリット・デュラス、クリント、ジャン・ジュネ……。態度、勇気、不服従が重要だ。人の心を打ち、狂乱させ、安心させる、男性的でも女性的でもない、力のあり方がある。ノーと言い、自分の見方を主張し、逃げない能力。その人が巨乳でスカートを履いていようが、雄鹿のように勃起して葉巻を吸おうが、私にはどうでもいい。

女であることはもちろん耐えがたいことだ。長く続く恐怖、制約、沈黙の強要、警告、愚かで不毛な制約。女は永遠の外国人だ。汚れ仕事をし、控えめな態度で生活必需品を生産する。だが、男であることに比べたら、わけもない。というのも、結局いちばん恐れを抱き、無力で、囚われているのは私たち女ではないからだ。忍耐と勇気、抵抗の性は、いつだって私たち女のほうだった。

どうせ私たちに選択肢はなかったが。

本物の勇気とは新しいものに向き合うことだ。可能性に。よりよいものに。仕事での失敗？　家庭での失敗？　いい知らせだ。それは男らしさの再検討をせまる。もうひとついい知らせは、私たちがそんなバカげたものにはうんざりしていることである。

フェミニズムは革命だ。マーケティング戦略のトレンドでもなければ、フェラチオやスワッピングを誘う宣伝文句でもないし、賃金の上昇にとどまる問題でもない。フェミニズムは女性、男性、それ以外の人々がみんなでする冒険だ。現在進行形の革命。世界の見方、選択。女性のちっぽけな特権を男性のちっぽけな既得権と対立させるものではなく、それらすべてを捨て去ることなのだ。

それでは、女の子たち、さようなら。よい旅を。

訳者あとがき

本書はVirginie Despentes, *King Kong Théorie*（Grasset, 2006）の全訳である。フランスの人気女性作家ヴィルジニー・デパントが、17歳の時に受けたレイプ被害や個人売春の経験をもとに、性暴力や売春、ポルノの本質について独自のフェミニズム理論を展開する自伝的エッセイだ。

２００６年に出版されたのち、#MeToo運動の高まりを受けて再び注目を集めるようになり、現在ではフランス国内で累計20万部を売り上げるほどのベストセラーとなっている。フランス国外でも注目され、すでに16の言語に翻訳されている。

ヴィルジニー・デパントは１９６９年フランス東部ロレーヌ地方の中心都市ナンシー生まれ。小説のみならず、エッセイの執筆や映画製作、翻訳、歌手活動など、マルチに活躍する現代フランスを代表する女性作家だ。本書にもある通り、15歳の時に精神病院に入院した経験を持ち、10代はフランスやヨーロッパ各地で開催されるパンクロックのコンサートに通って過ごした。１９８６年、17歳の時にロンドンで開催されたコンサートの帰りにヒッチハイクをし、レイプ被害に遭う。その後、フランス第二の都市リヨン、ついでパリに住み、スーパーやレコード店の店員、家政婦、ポルノ雑誌のライター、個人売春などさまざまな職を転々とした。

１９９３年に『ベーゼ・モア』（邦題『バカなヤツらは皆殺し』、稲松三千野訳、原書房、２０００年）で作家デビュー。はずみで殺人を犯したふたりの女（ひとりはレイプ被害者）が、セックスと強盗・殺人をくり返しながら逃避行を続け、男社会の暴力に暴力で対抗し、復讐しようとする同書は大ベストセラーとなり、95年のフロール賞の候補にもノミネート。20か国以上で翻訳されている。

以降、デパントは作家としての地歩を固めていく。『きれいなもの』（*Les Jolies Choses*、未邦訳）で１９９８年のフロール賞、『少女的黙示録』（*Apocalypse bébé*、未邦訳）で２０１０年ルノードー賞、本書『キングコング・セオリー』で２０１１年にＬＧＢＴを扱ったすぐれた文学作品に与えられるラムダ文学賞を受賞するなど、これまでに10以上の文学賞を受賞。最新作の「ヴェルノン・シュビュテックス」三部作は、ベストセラーとなりテレビドラマ化もされた。日本でも「ヴェルノン・クロニクル」シリーズとして第一作目の『ウィズ・ザ・ライツ・アウト』（博田かおる訳、早川書房）が２０２０年10月に刊行されたばかりだ。２００６年より２０２０年までフランスの権威ある文学賞ゴンクール賞の審査員、２０１５年には女性10人の審査員によって選出される同じく権威ある文学賞フェミナ賞の審査員をつとめるなど、いまや押しも押されもせぬ大物作家となっている。デパントの作風は俗語を多用した口語に近い文体が特徴で、社会から排除された人々や現代に生きる女性たちの姿を一貫して描いてきた。パンクカルチャーに影響を受けたトラッシュでラディカルなフェミニスト作家と形容されたりもする。35歳の時に女性に恋をし、レズビアンになったことを公表している。

現実社会に向けて常に発信を続ける作家でもあり、２０１５年のシャルリー・エブド襲撃事件や、性的暴行容疑で有罪となったロマン・ポランスキーの２０２０年セザール賞受賞など、折々の社会問題にいち早く反応し、自身の考えを表明してきた。また、２０２０年６月には黒人に対する暴力や人種差別の撤廃を訴える「ブラック・ライヴズ・マター」運動に賛同し、フランスのラジオ局「フランス・アンテール」に「何が問題なのかわからない白人の友人たちへ」という文章を寄稿している。この文章は、岩波書店『世界』２０２０年８月号に谷口亜沙子氏の翻訳で掲載され、日本でも話題となった。『世界』編集部がTwitterで、次のデパントらしい一節を引用した投稿は、２５００回以上リツイートされている。

「特権とは、そのことを考えるか考えないかの選択肢を持っていること。私は、自分が女であることを忘れることができないが、自分が白人であるということを忘れることができる。それが白人であるということだ」

なお、『キングコング・セオリー』には何度か「ヴィルジニー・デパントになった」という表現が出てくるが、「デパント」は筆名で、以前住んでいたリヨンのラ・クロワ・ルスの丘の坂道（des pentes）からとったものだという。

『キングコング・セオリー』は、そのデパントがデビューから13年目にして、初めて書き下ろしたフェミニズム・エッセイである。２００６年の発表当時は『フィガロ』紙に「下品な言葉だらけのこのエッセイの中に、知的な一貫性を見出そうとしても無駄だ」という批評が出たり、男性批評家に「メス猫のおしっこ（役に立たないもの）」と酷評されたりするなどの反発を招いた。デパント自身もあるインタビューで、２０００年代にフランスではフェミニズムはもう「過去のもの、達成されたもの、今さら必要のないもの」と思われていて、そのため出版社は本書の表紙に「フェミニズム」という言葉を入れたがらなかったというエピソードを披露している（話し合いの末、裏表紙に「新しいフェミニズムのためのマニフェスト」という言葉が入ったという）。

しかし、それから11年後の２０１７年に起こったハーヴェイ・ワインスタイン事件と#MeToo 運動の盛り上がりを受け、本書はフランスの書店で再び売り上げを伸ばし、若い世代を中心として再評価の機運が高まっていった。フランスの20〜30代のフェミニストにとって、本書はいまや古典とも言える位置づけにある。上述のインタビューをおこなった30代の女性ジャーナリストは、デパントに向かって「この本は私の人生を変えました（…）私の世代にはボーヴォワールの『第二の性』と同じくらい影響力がある本です」と述べている。

また、エッセイであるにもかかわらず非常に小説的な場面の多い本書は、２０１６年を皮切りに何度か舞台化もされている。

ここで少し、本文で繰り返し言及されている『ベーゼ・モア』の上映禁止事件についいて補足したいと思う。映画『ベーゼ・モア』（２０００年）はヴィルジニー・デパントの同名の小説（邦題は『バカなヤツらは皆殺し』）を原作とし、デパントとポルノ女優のコラリー・トリン・ティが共同監督をつとめ、同じくポルノ女優のカレン・バックとラファエラ・アンダーソン（『キングコング・セオリー』はこの３人の女優に捧げられている）が主演を演じた映画作品である。内容は前述の原作を忠実に再現したもので、無修正のレイプシーン、セックスシーン、激しい暴力シーンを含んでいる。

当時、フランスでは映画の上映許可に4つのカテゴリーがあった。すなわち、すべての観客に公開可能な作品、12歳未満の観賞が禁止されている作品、16歳未満の観賞が禁止されている作品、すべての観客に対して上映禁止の作品の4つである。さらに、これに加えて1975年に定められた「X指定」と呼ばれるいわゆるポルノシーンや暴力シーンを含む成人向け映画のカテゴリーがあった。「X指定」を受けると、製作のための助成金を受けられず、興業には特別の税金が課される。また、未成年が利用することの出来ない特別な映画館でしか上映ができなくなるが、そうした映画館はフランス国内には1館しかなく、実質的な上映禁止措置となっていた。

『ベーゼ・モア』は当初「警告付きでの16禁映画」として文化大臣カトリーヌ・タスカにより上映が許可され、2000年6月28日に公開された。しかし、公開直前の6月23日に、カトリック系の保守団体がセックスシーンをポルノ的だとして国務院への不服申し立てを行ったことで、再びさまざまな審議がおこなわれ、その結果、公開からわずか

2日後の6月30日に「X指定」に分類されてしまった。ただし、このとき当局が問題にしたのは性的なシーンよりもむしろ暴力シーンであり、したがって『ベーゼ・モア』の「X指定」は、暴力シーンを未成年（フランスでは18歳未満）に見せないようにするための措置だった。

この一連の出来事はメディアで大きな注目を集め、デパントらを支持する動きが広がる。映画製作・配給会社のMK2では「X指定」を不当な措置だとし、60館あまりで上映を続けた。また、検閲に反対するおよそ200人の映画人らによる集会が同社の運営する映画館で開催された。そして、この集会に参加したカトリーヌ・タスカ文化大臣が上映許可に関する改革を決定したことで、騒動は鎮静化へと向かっていった。

問題はフランスには「18禁指定」がなかったことだと認識され、翌2001年に「18禁指定」という新たなカテゴリーが定められた。そして同年8月、新たに18禁映画に分類された『ベーゼ・モア』の上映が、一般の映画館で再開された。一連の事件は、ポルノの定義や検閲制度を問い直したエポックメイキングな事件として、フランスではよく知られ、人々の記憶に残っている。

売春やポルノなどフェミニズムのなかでも論争のあるテーマを扱った本書には、それらを問題だと考えるフェミニストからの批判もある。前後の文脈を読めば趣旨はわかるものの、部分的に切り取ると問題になりそうな挑発的な表現も多く、訳者としても本書で展開されたデパントのすべての意見に賛成しているわけではない。また、あくまでもデパント個人の経験に根ざした理論であり、学問的な新しさはないかもしれない。

しかし、それではなぜこの本がフランスで広く共感を集めているのか。それはデパントが抱く激しい怒りと、それを表現する力強い言葉ゆえだと訳者としては考えている。そもそも怒りを十分に感じ取り、表現するのは、実はとても難しいことだ。ほんとうは怒らなくてはいけない場面で、自分の気持ちに蓋《ふた》をしたり、その場の空気に流されてなんとなく曖昧《あいまい》にやりすごしてしまったりした経験が、きっと誰にでもあると思う。性暴力や性差別に関することならなおさらだ。デパントはそれまで誰も言ってくれなかったようなあからさまな言い方で、読者が言葉にできないでいた経験や怒りを表現する。失言と受け取られることも恐れずに、経験を通して自分がほんとうに感じたままを書く。そこにデパントの大きな魅力があると思う。フランスのフェミニストたちが運営する参加型書評サイトで、ある書評家は本書を評して次のように述べている。「このエッセイは思いがけない発見に導いてくれる、優しく慰撫するような作品ではなく、本当は知っていたけれど目を背けてきたことを突きつけてくる、拳の一撃をお腹に喰らうような作品なのだ」

本書の翻訳にあたっては、柏書房の竹田純さんに大変お世話になりました。私の至らないところをたくさんカバーしていただきました。この場を借りて、心よりお礼申し上げます。

２０２０年11月　相川千尋

Valerie SOLANAS, *Scum Manifesto.* London, Phoenix Press, 1991.

Michelle TEA, *Rent Girl.* San Francisco, Alternative Comics, Last Gasp, 2004.

George VIGARELLO, *Histoire du viol du XVIe au XXe siècle.* Paris, Seuil, 1998.

Marie-Louise VON FRANZ, *La Femme dans les Contes de Fées.* Paris, La Fontaine de Pierre, 1979.

Linda WILLIAMS, *Hard Core. Power, Pleasure and the Frenzy of the Visible.* Berkeley, University of California Press, 1989.

Monique WITTIG, *The Straight Mind.* Boston, Beacon Press, 1992.

Mary WOLLSTONECRAFT, *A Vindication of the Rights of Woman.* London, Joseph Johnson, 1792（白井堯子訳『女性の権利の擁護——政治および道徳問題の批判をこめて』未来社、1980年）.

Virginia WOOLF, *A Room of One's Own.* Hogarth Press, 1929（片山亜紀訳『自分ひとりの部屋』平凡社ライブラリー、2015年）.

Gail PHETERSON, *Le Prisme de la prostitution.* Paris, L'Harmattan, 2001.

Susie ORBACH, *Fat Is A Feminist Issue.* New York, Berkley publishing group, 1978.

Beatriz PRECIADO, *Manifeste Contrat sexuel.* Paris, Balland, 2000.

Beatriz PRECIADO, 《Giantesses, Houses, Cities : Notes for a Political Topography of Gender and Race》, *Artecontexto, Gender and Territory.* Autum, 2005.

Carol QUEEN, *Real Live Nude Girl : Chronicles of Sex-Positive Culture.* San Francisco, Cleis Press, 1997.

Maria RAHA, *Cinderella's Big Score, Women of the Punk and Indie Underground.* Emeryville, Seal Press, 2005.

B. Ruby RICH, *Chick Flicks : Theories and Memories of the Feminist Film Movement.* Durham, Duke University Press, 1998.

Joan RIVIERE, 《Womanliness as Masquerade》, *The International Journal of Psychoanalysis.* vol. 10, 1929.

Nina ROBERTS, *J'assume.* Paris, Scali, 2005.

Gayle RUBIN, 《Sexual Traffic》, Interview with Judith Butler, *Feminism meets Queer Theory.* Indianapolis, Indiana University Press, 1997.

Javier SÁEZ, *Théorie Queer et Psychanalyse.* Paris, EPEL, 2005.

Jean-Paul SARTRE, *Lettres au Castor.* Paris, Gallimard, 1983（朝吹三吉ほか訳『女たちへの手紙』（サルトル書簡集 I）人文書院、1985年）.

Annie SPRINKLE, *Hardcore from the Heart, The Pleasures, Profits and Politics of Sex in Performance.* London, Continuum, 2001.

Valentine DE SAINT-POINT, *Manifeste de la femme futuriste.* Paris, Séguier, 1996.

Michèle LE DŒUFF, *L'Etude et le Rouet.* Paris, Seuil, 1989.

Gauntlet. No. 7. Special Issue Sex Work in the United States, 1997.

Donna HARAWAY, *Simians, Cyborgs and Women. The reinvention of nature.* London, New York, Routledge, 1991（高橋さきの訳『猿と女とサイボーグ――自然の再発明』（新装版）青土社、2017年）.

Teresa DE LAURETIS, *Technologies of Gender : Essays on Theory, Film and Fiction.* Bloomington and Indianapolis, Indiana University Press, 1984.

Teresa DE LAURETIS, *The Practice of Love. Lesbian Sexuality and Perverse Desire.* Bloomington and Indianapolis, Indiana University Press, 1994.

Lauraine LEBLANC, *Pretty in Punk. Girls' Gender Resistance in Boy's Culture.* New Brunswick, Rutgers University Press, 2001.

Annie LE BRUN, *Lâchez tout.* Paris, Le Sagittaire, 1977.

Violette LEDUC, *Thérèse et Isabelle.* Paris, Gallimard, 1966（榊原晃三訳『荒廃』二見書房、1967年）.

David LOFTUS, *Watching Sex : How Men Really Respond to Pornography.* New York, Thunder's Mouth Press, 2002.

Lydia LUNCH, *Paradoxia. A Predator's Diary.* London, Creation Press, 1997.

Camille PAGLIA, *Vamps and Tramps.* New York, Vintage, 1992.

Michelle PERROT, *Les Femmes ou les Silences de l'Histoire.* Paris, Flammarion, 2001（持田明子訳『歴史の沈黙――語られなかった女たちの記録』藤原書店、2003年）.

Gail PHETERSON (ED.), *A Vindication of the Rights of Whores.* Seattle, Seal Press, 1989.

参考文献

Norma J. ALMODOVAR, *Cop to Call Girl : Why I Left the LAPD to Make an Honest Living As a Beverly Hills Prostitute.* New York, N. Y. : Simon & Schuster, 1993.

Raffaëla ANDERSON, *Hard*, Paris, Grasset, 2001（実川元子訳『愛ってめんどくさい』ヴィレッジブックス、2002年）.

Antonin ARTAUD, *Le Pèse-Nerfs*. Paris, Leibovitz, 1925; reed., Paris Gallimard-Poésie, 1988（粟津則雄・清水徹訳『神経の秤・冥府の臍』現代思潮新社、2007年）.

Simone DE BEAUVOIR, *Le Deuxième Sexe.* Paris, Gallimard, 1949（『第二の性』を原文で読み直す会訳『第二の性』新潮文庫、2001年）.

Judith BUTLER, *Gender Trouble. Feminism and the Subversion of Identity.* New York, Routledge, 1990（竹村和子訳『ジェンダー・トラブル――フェミニズムとアイデンティティの攪乱』（新装版）青土社、1999年）.

Pat CALIFIA, *Public Sex : The Culture of Radical Sex.* San Francisco, Cleis Press, 1994（東玲子訳『パブリック・セックス――挑発するラディカルな性』青土社、1998年）.

Claire CARTHONNET, *J'ai des choses à vous dire : Une prostituée témoigne.* Paris, Robert Laffont, 2003.

Drucilla CORNELL (Ed.), *Feminism and Pornography.* Oxford, Oxford University Press, 2000.

Angela Y. Davis, *Women, Race and Class.* New York, Vintage Books, 1981.

Gisèle HALIMI, *La Cause des femmes.* Paris, Grasset, 1973.

HPG, *Autobiographie d'un hardeur.* Paris, Hachette Littérature, 2002.

Scarlot HARLOT, *Unrepentant Whore : The Collected Works of Scarlot Harlot.* San Francisco, Last Gasp, 2004.

ま

や

ら

た

な

は

事項

タイトル

索　引

人物

ヴィルジニー・デパント Virginie Despentes

Photo©JF PAGA

1969年、フランス・ナンシー生まれ。現代フランスを代表する女性作家。1994年に『ベーゼ・モア』(邦訳『バカなヤツらは皆殺し』、原書房)でデビュー。『きれいなもの』(未邦訳)でフロール賞、『ヴェルノン・クロニクル』(早川書房)でアナイス・ニン賞など、これまでに10あまりの文学賞を受賞している。本書『キングコング・セオリー』は2006年に刊行され、ラムダ文学賞を受賞。2017年の#MeToo運動の高まりを受けて再び注目が集まり、フランス国内で20万部を売り上げるベストセラーとなった。

相川千尋　Chihiro Aikawa

1982年生まれ。フランス語翻訳者。お茶の水女子大学大学院人間文化研究科修了。主な訳書にリーヴ・ストロームクヴィスト『禁断の果実 女性の身体と性のタブー』、リリ・ソン『私のおっぱい戦争 29歳フランス女子の乳がん日記』（ともに花伝社）。フェミニズム入門ブック『シモーヌ』やエトセトラブックスのウェブマガジンなどに翻訳やコラムを寄稿している。

キングコング・セオリー

2020年12月10日　第1刷発行

著者　ヴィルジニー・デパント
訳者　相川千尋

発行者　富澤凡子
発行所　柏書房株式会社
〒113-0033 東京都文京区本郷2-15-13
電話　03-3830-1891（営業）　03-3830-1894（編集）

印刷　壮光舎印刷株式会社
製本　株式会社ブックアート

ISBN978-4-7601-5248-3

Cet ouvrage a bénéficié du soutien
des Programmes d'aide à la publication de l'Institut français.
本書は、アンスティチュ・フランセ・パリ本部の出版助成プログラムの助成を受けています。